边喝边写
On Drinking

[美] 查尔斯·布考斯基 著

[美] 阿贝尔·德布瑞托 编选

张健 译

中国友谊出版公司

| 目录 |

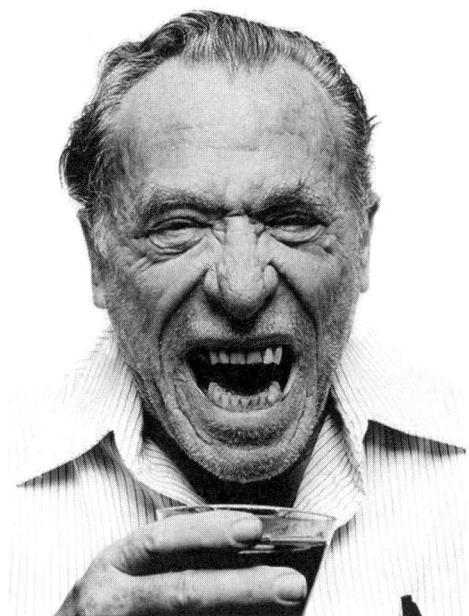

蚂蚁爬上我喝醉的胳膊

哦蚂蚁爬上我喝醉的胳膊

它们让梵高坐在一片玉米地里

然后用一把

猎枪将生命带离世界

蚂蚁爬上我喝醉的胳膊

它们将兰波送上

开火的枪眼并在石块下翻找

金子，

哦蚂蚁爬上我喝醉的胳膊，

它们将庞德送进精神病院

它们让克莱恩[1]身穿睡衣

跳进大海，

蚂蚁，蚂蚁，爬上我喝醉的胳膊

我们学校的男生们正为威力·梅斯尖叫

而不是为巴赫，

1　哈罗德·哈特·克莱恩（Harold Hart Crane，1899—1932），美国诗人，诗风较为晦涩，充满隐喻。1932 年从墨西哥返回美国时，克莱恩从客轮上投海自尽。其主要作品包括诗集《白色楼群》以及代表作长诗《桥》。——译注（全书的页下注均为译注）

蚂蚁爬上我喝醉的胳膊

穿过酒瓶我伸手

去拿滑雪板和洗漱盆，去拿向日葵

然后打字机从桌上掉落

像心脏病发作一样

或者像一头星期天死去的公牛，

然后蚂蚁爬进我的嘴

和喉咙，

然后我用红酒将它们冲下去

然后拉起遮阳帘

它们爬上遮帘

它们爬到街巷

爬上教堂的尖顶

爬进车轮胎面

寻找其他

可吃的东西。

致乔恩和路易斯·韦伯

1961 年 3 月 25 日

【……】当我读到那些关于旧巴黎社团的东西，或者哪怕只是读到谁认识过去的谁谁谁，我就会感到很烦。那时他们也是这么做的，写着过去和当下的那些名字。我想海明威正在写一本类似这样的书。无论如何，我不会去买。我无法忍受作家或编辑或任何人试图谈论艺术。我在贫民窟酒店住了 3^1 年——在我大出血之前——每天晚上都和一个前狱友、酒店服务员、一个印第安佬、一个看上去戴假发但实际并没有戴的姑娘，以及三四个流浪汉一起喝得烂醉。没人知道谢莉温特斯口中的肖斯塔科维奇是谁，但我们才不在乎。大家只是忙着在酒杯喝干后派人出去找酒。我们会从最弱的采购员开始派起，如果他没能成功——你要知道，大多数时候我们手里的钱少得可怜，或者压根儿没钱——我们就派下一个更有能耐的人去。也许这里有夸张的成分，但我是那群人里顶级的采购员。当我前面的最后一个人面色苍白、满脸羞愧蹒跚着走

1　布考斯基的写作风格具有很强的随意性，原作中出现的数字常常是英文单词和阿拉伯数字混用，译文为了与原作风格一致，未对数字做统一处理。

到门前，布考斯基就骂骂咧咧地站起身，披上他的破旧大衣，愤怒而又确信地漫步至黑夜里。到了迪克贩酒店，我对他连哄带骗极尽威逼利诱之能事，直搞得他头昏眼花；我总是暴怒着跨进他的店门，丝毫不露央求之色，直截了当地告诉他我要哪些酒。迪克总是不确定我身上究竟有没有钱。有时我带了钱，让本想拒绝的他落了空，但大多数时候我并没有钱。总之，他会将装满的酒瓶重重地摆到我面前，将它们放进袋子里，然后我便暴躁地拎起袋子，"记在我账上！"

这时他就会开始那老一套——但是，老天啊，你已经再三赊账，你已经一个月没还过一分钱了，而且——

这时便是我展示行为艺术的时候了。酒已经在我手里，原本我只要走出店门就可以了。但我却用力将它们放回到他面前，将一只只酒瓶从袋子里掏出来猛推向他，嘴里嚷道："你想要回你的酒？拿去吧！我去另找别家做我的买卖！"

"不，不，"他会说，"拿去吧。没问题的。"

然后他便会取出那张可怜的纸片，将新的账目记在上面。

"让我看看，"我会霸道地夺过纸片。

然后我会说，"看在老天的分上，我可没欠你这么多！这边这一条是什么时候的事？"

做这一切都是为了使他相信我总有一天会还钱的。他也会拿些花言巧语来哄我："你是个绅士。你不像其他那些人。我信任你。"

终于他还是受够了，卖掉了这份买卖。下一个店主接手后，我便又开始了新一轮赊账……

然后发生了什么？在一个周日早晨的八点钟——八点钟！！！天杀的——有人来敲门——我把门打开，发现门外站着一名编辑。"啊，我是×××，是××杂志的编辑，我们收到了你的短篇小说，认为它们很不寻常；我们会在春季刊上发表。""那么，请进来坐，"我只能欢迎他，"但小心别被地上的酒瓶绊倒。"然后我坐在那儿听他讲他的妻子如何崇拜他，以及他的一篇短篇小说如何发表在《大西洋月刊》上，总之就是你知道这类人喜欢说的那一套。最后他终于离开了，又过了大约一个月，厅堂里的电话响起，电话里有人说要找布考斯基，这回是一个女人的声音，"布考斯基先生，我们认为您的一篇短篇小说很不同凡响，那天晚上组员们在讨论它，但我们发现它有一个缺点，我们认为您也许会想改掉这个缺点。那就是：**究竟为什么小说一开头主人公就要开始喝酒呢？**"

　　我说，"这件事还是算了吧，请把手稿寄回给我。"说完我就挂断了电话。

　　我走回吧台，印第安人从他的酒杯里抬起眼看着我，问道："是谁来电话？"

　　我说，"谁也不是。"这也是我能给出的最准确的答案了。

致约翰·威廉·考灵顿
1963年1月14日

【……】1920 年 8 月 16 日出生在德国安德纳赫。母亲是德国人，父亲是美国士兵（出生在帕萨迪纳，但他的父母祖籍德国）。曾有一些证据表明我的出生或孕育是在他们婚后，但我对此并不确定。两岁时到了美国，在华盛顿度过数年之后便一直待在洛杉矶。印第安服饰的事情是真的。所有说我长得奇形怪状的评价也是真的。在父亲的野蛮与低能、母亲的漠不关心和玩伴们甜蜜的敌意（他们总是对着我喊"德国兵！德国兵！德国兵！"）之间，我的生活过得颇为火热。到了 13 岁，这股火热劲儿更进一层，让我爆发的不是脸上的痤疮，而是巨大的疖子，在我眼睛里、脖子上、背部、脸上，我坐有轨电车去医院，去慈善病房——家里的老爹没有工作——在那里他们用一种电动针在我身上钻孔，那是专门用来在人身上打洞的木制钻头。辍学一年，前往洛杉矶上大学数年，学的是新闻专业。学费两美元，但老爹说他再也负担不起送我去上学了。我去了铁路工作，用 OAKITE 牌清洗剂擦洗火车两侧的车身。夜晚我就去喝酒和赌博。在菲律宾人街区一家小酒馆的楼上，我找到一小间屋子。晚上我跟飞机工厂的工人还有皮条客们一起赌博。人们一定都知道那是我的地盘，一到晚上就把那里挤得满满当当。那段时间我的睡眠简直是活见鬼。有一天晚上我赢大发了——至少对我来说是赢大发了——足足有二三百美元。我知道他们会回来讨钱。我和他们打了一架，弄坏了一面镜子和几把椅子，但我守住了那些钱，一大早我便乘长途巴士去新奥尔良。那里有个年轻姑娘对我百般引诱，我在沃思堡没有拒绝她，但只坚持到达拉斯，就甩了她。在那里浪费了一些时间，住进跳板咖啡馆街对面的一间小房子，开始写作。我写的是些短篇小说，赚的钱都用来买酒喝，去一家漫画书店工作，很快又离开了。迈阿密海滩。亚特兰大。纽约。圣路易斯。费城。旧金山。又回到洛杉矶。又回到新奥尔良。又回到费城。又回到旧金山。再次回到洛杉矶。一圈又一圈。在东堪萨斯城过了几夜。芝加哥。我停止写作，专心喝酒。我停留最久的地方是费城。我会一大早起床后就来到一家酒馆，一直待到它晚上打烊。我是怎么做到的？我也不知道。后来我终于又回到洛杉矶，度过了疯狂的饮酒为生的七年。最终住进了同一家慈善医院，这次不是因为疖子，而是因为溃烂的肠胃和剧痛。他们将 8 品脱[1]血和 7 品脱葡萄糖不间断地输进我的身体。我的姘头跑来看我，她喝醉了。我爹跟她一起来的。老东西对我说了一堆废话，她那天对我的态度也够差的。我对老头子说，"你再多说一个字，我就把这针头从胳膊上扯下来，从这张死人床上爬下去抽你！"他们走了。我从那地方出来，脸色苍白，

1　1 品脱约等于 568 毫升。

步态衰老，真心爱着照在我身上的阳光，他们告诉我永远都不许再喝酒，否则我就死定了。我发现了自己身上的变化，曾经很好的记忆力如今变得很糟。大脑显然受了损伤，因为他们让我在那间慈善病房里躺了好几天却把我的登记表弄丢了，登记表上写着我需要立即输血，于是我身体脱了血，只觉得脑袋像被重锤击打。好歹我又有了工作，我开着一辆邮政车四处去送信，我开始试探地喝一点酒，后来有一天晚上我坐下来开始写诗。这是什么鬼东西，我该把这些玩意儿寄到哪里？好吧，我试着寄了一些出去，给一份名叫《丑角》的杂志——而我正好是个该死的小丑——他们的地址远在得克萨斯州的一个偏远小城，也许在这之前他们都没见过什么坏作品吧，所以……他们那里有个做编辑的女孩，这小可怜简直发了狂。她为我发了特刊，接着写信给我。她的信越来越温暖、热烈。我记得的下一件事是那编辑女孩来了洛杉矶。再下一件事是我们在拉斯维加斯结婚。再下一件事是我走在得克萨斯州一座偏远小城里，周围的乡巴佬都看着我。那女孩很有钱。我之前并不知道她很有钱，或者说她家里人很有钱。后来我们回到了洛杉矶，我在某处找了份工作。

这段婚姻没能持久。她花了3年时间终于弄明白，我不是她以为我应该是的那个人。我是个反社会的粗俗的醉鬼，我不去教堂，赌马，喝醉后满嘴脏话，不喜欢去任何地方，从不认真刮胡子，不在乎她的画，也不关心她的亲戚，有时会在床上一连躺上两三天，等等，等等。

没什么要说的了。我回去看我的妞头，她曾是一个那么残忍而又美丽的女人，如今她已不再（那么）美丽，但神奇的是，她变成了一个让人温暖的、真正的人。可惜她无法戒酒，她喝得比我更厉害，后来她死了。

现在我真的要停笔了。我多数时候独自喝酒，而且我不希望有人陪。人们似乎总喜欢说些不作数的话。他们总是太热切，或太恶毒，或太平淡无奇。

致约翰·威廉·考灵顿
1963 年 10 月

【……】正在播放的是勃拉姆斯的什么钢琴曲。刚刚有女人打电话给我，是个住在日落大道附近的巴西妞。也许我该脱光她的衣服。但我得到的够多了，尽管会有一些随之而来的烦恼，我也觉得这都正常。我减少了喝酒的量，主要是戒了啤酒。今天我在报纸上读到，酗酒者的平均寿命是 51 岁（也就是说我还剩下 8 年），而不酗酒者的平均寿命是 70 岁。我觉得 30 岁到 40 岁是最好的阶段；那时的你肯定脱离了幼稚之类的东西，更加懂得自己不想要什么，而且大多数时候拥有健康和足够的精力去追求想要的。当然，还是会有一些我们所有人终究都绕不开的烦恼，而如果你给它浇上酒，它就会快一些褪去。

致乔恩和路易斯·韦伯
1964年3月1日

【……】我有点醉了，这种说法是一块不错的遮羞布，懦夫的标志。我记得有一回在某个城市的某家便宜酒店，我想那是在圣路易斯，没错，那是个挤在街角的酒店，我又病又懒的老肺被上班时间满街汽车排出的尾气熏得够呛。我会叫她出去帮我买啤酒或红酒，而她会试着让我清醒过来，像妈妈一样教训我，或绞死我或解决我，总之就像所有女人会做的那样。后来她冲我来了老一套："酗酒只是一种对现实的逃避。"的确如此，我对她说，而且我得感谢该死的上帝就是这么回事，还有当我们做爱的时候，我也是在逃避现实，你可能觉得我不是，对你来说那也许意味着你还活着，好了，现在让我们喝一杯吧。

我不知道她如今在哪里。那个拥有全宇宙最胖最大最可爱的肥腿，以及对"逃避现实"拥有自己看法的黑人女佣。

啤酒瓶

刚发生了一个奇迹般的事:
我的啤酒瓶向后倒翻下去
然后瓶底竟在地板上稳稳地站住了,
我现在把它放回桌上等泡沫消下去,
但是今天的照片却没这么幸运
另外我左脚的皮鞋上
开了一道小口子,但这一切很简单:
我们无法得到太多:有些法则
是我们无法理解的,比如令我们置身狂热或冰冷
的各种力量;再比如是什么
让那只黑鹂进了猫的嘴
这些事情不由我们决定,为什么有的人
像宠物松鼠一样被关进监狱
而另一些人却能在绵长无尽的夜晚
用鼻子轻抚巨大的胸部——这是
我们的使命和恐惧,而没人来
告诉我们为什么。不管怎么说,那只酒瓶
竟能直立着站住可真是幸运,虽然
我还有一瓶红酒和一瓶威士忌,

这可真是，莫名其妙地，给了我一个美好夜晚，

也许到了明天我的鼻子会变长：

新鞋子，少下雨，多写诗。

将我酿造和灌满的……

我抓啤酒罐的那只手
上的一切
都很悲伤，
甚至连我
指甲下面的污垢也很
悲伤，
而这只手
就像一台机器
的手
然而
它不是机器手——
它将自己完完全全地
（那是一种包含着魔法的力量）
缠绕在
啤酒罐上
它的动作就像
根茎
将一只剑兰猛然撑起
高高举向太阳，
然后啤酒
灌入我肚。

摘自《一个疯狂到与野兽同住之人的自白》

　　我又和另外一个女人蜗居在一起，我们楼下是一间小法院，我还找了份工作。那段日子几乎要了我的命，因为我整夜喝酒整日工作。我总是将酒瓶从同一扇窗户扔出去，于是我总是拎着那扇窗户去街角的一家玻璃店，让店家装上一块新玻璃。每个星期我都要去一次。店家奇怪地看看我，然后接过我的钱——他对钱显然没什么意见。在长达 15 年的时间里我持续大量饮酒，终于，有一天早上我醒来时发生了这一幕：血从我的嘴里和屁眼里喷涌而出。黑色粪便。血，血，像喷泉一样的血。血闻起来比屎更臭。她给医生打了电话，很快有辆救护车跑来接我。护理人员说我体形太胖没法抬下楼去，叫我自己走下去。"好啊，哥们儿，"我说，"很高兴为你们效劳——我当然不希望你们工作得太辛苦。"到了外面我被放上担架；他们帮我打开担架，而我像一枝枯萎的盆花一样爬上去。好一枝该死的枯花。邻居们把头伸出窗外看热闹，我被推走时他们站在自家门前的台阶上。他们经常看见我喝醉的样子。"看啊，梅布尔，"他们当中有一个说道，"那个可恶的酒鬼被送走了！""上帝啊，请宽恕他的灵魂！"有人回答。你好啊，老梅布尔，我说着将一大口血吐在担架边上，听见有人大喊噢噢噢噢噢呜呜呜呜。

　　尽管那时我有工作，但我没钱，所以最后还是被送到慈善医院。救护车里挤得满满当当。他们在车里装了很多隔板，我感觉每一寸空间都有人占着。"满车，"司机说道，"我们出发。"他一路开得让人很不舒服，我们在车里前仰后合。我用尽一切努力不把血吐出来，因为我不想别人身上沾上血的臭味。"哦，"我听见一个黑人妇女的声音，"我不敢相信这样的事会发生在我身上，我不敢相信，哦上帝，快帮帮我！"

上帝在这些场合下显得很受欢迎。

他们将我放进一间黑暗的地下室，有人给了我一杯放了什么药的水，然后就没再管我。每过一会儿我就要吐些血在便盆里。那间病房里一共有我们四个或五个人。其中一个男人喝醉了——而且在发疯——但他看起来很强壮。他从自己的小床上下来，四处转悠，不时磕碰其他人，撞掉桌上和床上的东西，"哇哇，我是，我是哇哇乔巴，我是久巴，我是久玛朱巴瓦斯塔，我是久巴。"我抓起水瓶准备揍他，可他一直没到我床边来。最后他终于在一个角落摔倒了，随后昏醉过去。整夜我都被放在地下室，一直到第二天中午。然后他们将我挪到了楼上。病房超员了。他们把我放在一个黑暗角落里。"哦呜，他将会死在那个黑黢黢的角落里，"一个护士说。"是的，"另一个护士表示赞同。

有一天夜里我起来，却无法走到卫生间。我吐了一地板血，摔倒在地上，虚弱得无法爬起来。我想叫护士来，可病房墙壁上贴着三到六英寸厚的锡板，所以他们听不见我。每过两小时会有一个护士进来查看有没有出现新的尸体。他们半夜抬走过很多惨死鬼。我晚上总是睡不着，于是我就看着他们。一个家伙的尸体从床上被扔到地上，拖进一个担架里，再用被单包住他的头。那些担架上涂满了油。我大声喊起来，"护士！"但我也不知道自己到底为什么要喊。"闭嘴！"旁边病床上的某个老头冲我吼道，"我们还要睡觉呢。"我于是也昏睡过去。

我醒来时所有的灯都亮了，两名护士正试图把我抬起来。"我告诉你不许下床了，"其中一个对我说。我无法说话。我的脑袋里像在打鼓。我感到被掏空了。就好像我可以听见所有的声音，却什么也看不见，除了一阵阵闪光。但我没觉得慌张或恐惧；只觉得自己在等待，等待什么东西都行，因为我已不在乎。

"你太胖了，"其中一个护士说道，"坐到这张椅子上来！"

他们把我放进了椅子，然后推着我在地板上滑动。我感到自己只有不到六磅[1]。

然后他们就将我围了起来：四面八方的人。我记得一个大夫穿着绿袍子，就是那种手术袍。他看起来很生气。他在和护士长说话。

"为什么没给这个人输血？他已经不足 ××cc 了。"

"他的单子从楼下送上来时我正在上面一层，还没等我回来它就被入档了。而且，大夫，他的输血额度已经用完了。"

1　1磅等于453.6克。

"我要他们马上送血上来，现在就要！"

这家伙是什么人，我想，真奇怪，医生里竟有这样的人。

他们开始给我输液——九品脱血液和八品脱葡萄糖。

一名护士准备在我输液后第一顿饭就喂我吃烤牛肉，搭配土豆、豆角和西红柿。她把托盘摆在我面前。

"该死，我不能吃这个，"我告诉她，"这会要我命的！"

"吃了它们，"她说，"这些在你的单子上，这就是你的食谱。"

"给我拿些牛奶来，"我说。

"你就吃这个，"她说完就走开了。

我没碰那些食物。

五分钟过后她跑进病房。

"别吃那个！"她尖声喊道，"你不能吃那个！！单子上写错了！"

她把托盘端走，又端着一杯牛奶回来了。

第一瓶血液刚输进我的身体，他们就把我放到担架上，抬着我下楼去了 X 光室。医生叫我站起来。我总是向后倒。

"天杀的，"他喊道，"你害得我又毁了一张胶卷！这回你给我站在那儿，别往后倒！"

我努力了，可我站不住。我又向后倒下去。

"哦该死，"他对护士说，"把他带走。"

复活节那天，救世军乐队早晨 5 点就在我旁边的窗户下演唱起来。他们唱的是糟糕的宗教音乐，而且唱得又难听又吵闹，这真让我无法忍受，几乎要将我击翻在地，简直就要杀死我了。我从没像那天早上那样感到自己濒临死亡。就只差一英寸，一根头发丝的距离。最后他们终于结束了演唱，搬到医院的另一个区域表演，我才重新爬回到生命中来。我觉得那天早上他们至少用自己的音乐杀死了半打俘虏。

后来我父亲带着我的女友出现了。她喝醉了，我知道是他给了她喝酒的钱，然后故意带她来见我，好让我不高兴。老家伙与我是多年的敌人——所有我信仰的东西他都拒绝相信，我对他也一样。她倒在我床上，满脸通红，明显喝醉了酒。

"你为什么要带她这样来见我？"我问道，"为什么你不能明天再来？"

"我告诉过你她不是个好东西！我一直跟你说她不好！"

"你故意让她喝醉，然后带她来了这里。为什么你要一直给我捅刀子？"

"我早就告诉你她不是个好东西，我告诉你了，我告诉你了！"

"你这个狗娘养的，你再多说一个字，我就把这针头从胳膊上扯下来，起来把你抽得屁滚尿流！"

他抓起她的胳膊，他们走了。

我猜医院给他们打了电话说我要死了。我不停吐血。那天晚上牧师来了。

"神父，"我说，"无意冒犯，可是求你了，我想没有仪式、没有祷告地死去。"

我很惊异地看到他带着一脸怀疑的表情摇晃了几下；那

感觉就好像我打了他。我之所以说我很惊讶，是因为我原本以为那帮小伙子会更酷一点。但紧接着，他们就赶紧帮他擦屁股。

"神父，对我说吧，"一个老男人说道，"你可以对我说。"

牧师走向了那位老男人，然后大家都满意了。

住院后的第十三天，我又开着一辆卡车送起信了，而且要不时搬运 50 多磅重的邮包。又过了一个星期，我第一次尝试喝了酒——他们曾说会要了我的命的酒。

我想，最终有一天我还是会死在那间该死的慈善病房。我好像就是无法逃开。

致道格拉斯·布雷泽克

1965 年 8 月 25 日

【……】我那天写信给亨利·米勒，为了从他的一个赞助人那里骗 15 美元——他承诺如果我再寄三篇《症结》给亨利，他就给我这个数。我把《斯图尔特》廉价卖出，用卖得的钱买威士忌和赌马。这就像我去修车时得到一张 70 美元的账单，可我的车都不值这么多。总之不管怎么说，我当时喝醉了，于是就推测亨利从他的摇钱树上抖落个把赞助人没什么大不了的。今天我从一个地方收到了 15 美元，米勒的信却是从另一个地方寄来的，部分引用在此："我希望你不要把自己喝死！并且，尤其是你不该在写作时喝酒。这无疑会扼杀你的灵感。尽量只在你感到快活时喝酒，永远不要借酒消愁。还有，永远不要独自喝酒！"他说的话，我当然一个字也听不进去。我才不担心什么灵感。当我写不出来的时候，就让我写不出来吧，去他的。我喝酒是为了继续再过一天。而且我发现没有什么比独自喝酒更让我快活的。即使我身边有个女人和一个孩子，我也会独自喝酒。一罐接着一罐，半品脱或一品脱装的啤酒。在灯光下，我从一面墙延展到另一面墙，感到自己身体里仿佛塞满了肉、橙子和燃烧的太阳，广播里放着音乐，而我敲着打字机键盘，也许不时朝下瞧一眼厨桌上破旧的沾满墨水的油布，这见鬼的厨桌；这见鬼的整个的生活，而非某个见鬼的季节；从每一件东西上散发出的臭味，我逐渐衰老；人们变成肉瘤；每样东西都在失去、下沉，衬衫上丢了两颗纽扣，锻炼腹部的赘肉；摆在眼前的是一天又一天枯燥的夜总会工作——连续几小时跑前跑后还要被砍头，然后我举起酒瓶，把酒灌进肚子，这是我唯一能做的事，然后米勒跑来告诉我要当心写作的灵感？我无法真正地去看一件东西而又不想要把自己撕个粉碎。喝酒是一种短暂的自杀，通过它，我得以杀死我自己，然后又回到生活中来。喝酒只是一块附着在我手臂上、腿上、裤裆上、头上以及其他各个部位上的肉团。写作只是一张纸页；我是一个走来走去又望向窗外的东西。阿门。

致威廉·万特灵

1965 年

【……】我不断地喝啤酒和苏格兰威士忌，像灌入一个巨大的空洞一样将酒灌入我的肚子……我承认自己内心深处有某种无法触及的顽固的愚蠢。我只是不断地喝酒，喝酒，我像一头年迈的牛头犬一样愠怒。总是如此：人们不断从凳子上摔下去，考验我，而我把他们喝倒，喝倒，喝倒，但真的没有任何人说话，什么也没有。我坐着，我像一个愚蠢的精灵坐在松树上等待着突如其来的闪电。我 18 岁的时候，每星期都要在喝酒比赛上赢 15 或 20 美元，这让我保持活力。后来他们知道怎么防着我了。不过有一个名字叫"阿臭"的兔崽子，经常在比赛时让我难堪。对付他要靠心理战术，所以我会在比赛间隙当着他的面多喝一瓶。那段日子我就是和这些鼠辈鬼混，我们总是在一间待租的空屋子里比赛喝酒，屋里的灯光暗极了……我们从来没有固定的比赛场所，但那群小子多数都是狠角色，身上带着枪，不过我从不带枪，我那时还很正直，当然现在仍然很正直。我记得有一天夜里阿臭在台上挑战我，后来我抬头看时他已经不在面前了，于是我去厕所呕吐，但没有吐出来，在厕所里我看见他趴在洗手池前，吐啊吐啊，于是我走出厕所拿走了赌金。

水牛比尔 [1]

每当房东和房东太太

喝啤酒喝醉后

房东太太就下楼来敲我的门

我就去跟他们一起喝啤酒。

他们唱起旧时的歌

他不停地喝酒，一直喝到

从椅子上仰面倒下。

然后我站起身

扶起椅子

然后他又回到桌前

伸手去抓下一个

啤酒罐。

我们的对话总是围绕着

1　威廉·弗雷德里克·"水牛比尔"·科迪（William Frederick "Buffalo Bill" Cody，1846—1917），南北战争军人、陆军侦察队队长、农场经营人、边境拓垦人、美洲野牛猎手和马戏表演者。他是美国西部开拓时期最具传奇色彩的人物之一，有"白人西部经验的万花筒"之称，其组织的牛仔主题表演也非常有名。

水牛比尔。他们觉得水牛比尔

非常有趣。所以我总是问他们，

水牛比尔最近有什么新鲜事儿？

哦，他又坐牢了。他们把他

关起来了。他们突然跑来抓住了他。

为什么？

还是一样的原因。只是这回是一个

耶和华见证会[1]的女人。她

按了他的门铃然后就站在那儿

跟他说话然后他就露出了他的

东西，你知道的。

她跑下来告诉了我

我对她说，"你为什么要去打扰那个

男人？为什么你要按他的门铃？他原本并没有

对你做任何事！"但她不肯听，她必须要

去报警。

---

1 耶和华见证会是基督教新教边缘教派之一，由查尔斯·塔泽·拉
塞尔（Charles Taze Russell）在 1881 年创立于美国。

他从监狱里打电话给我，"好吧，我又
做了那件事！""你为什么一直做这种事？"我
问他。"我不知道，"他说，"我不知道
我中了什么邪！""你不该做
这种事，"我告诉他。"我知道我不该做
这种事，"他告诉我。

他做过多少次
这样的事了？

哦，老天，我不知道，8 次或 10 次吧。他
总那么做。不过他有个很棒的律师，
他的那位律师可真
不错。

你会把他的屋子租给谁？

哦，我们不会把他的屋子租出去，我们总是为他
留着这间屋子。我们喜欢他。我有没有告诉过你
那天晚上他喝醉了，在外面的草坪上
光着身子，正好有一架飞机从头上飞过，他
指着飞机上的灯，当时只能看见
尾灯之类的，而他指着

那些灯光大叫，"我是上帝，
是我放了那些光在天上！"

没有，你没跟我说过
这件事。

你先来一罐啤酒，我慢慢
讲给你听。

我就先来了一罐
啤酒。

脏老头手记

在费城我混得不怎么样，为了有钱买三明治经常做些跑腿打杂的事情。吉姆，那个负责早场的店员，会在清晨 5:30 开始拖地时就放我进去，于是我在 7 点钟大家来之前可以免费喝酒。我一直在酒吧待到凌晨 2 点陪它打烊，所以剩不下多少时间给我睡觉。不过那段日子里我也实在没忙什么事——吃吃睡睡，如此而已。那家酒吧非常破败、陈旧，店里一股尿液和死亡的气味，以至于偶尔有妓女进来揽客时，我们会感到莫大的荣幸。我那段时间拿什么付房租以及我都在想些什么，我也说不上来。大概就在那段日子，我有一部短篇小说登上了《选集：第三卷》，与亨利·米勒、洛尔迦、萨特等一众作家一起。那时《作品选集》杂志卖 10 美元一本，是个开本巨大、每页都以不同风格印刷在昂贵彩纸上的画册，收录的作品都是些标新立异的疯狂探索。杂志社的女编辑凯瑞斯·克罗斯比写信给我："这是个不寻常的美妙故事。您是什么人？"我回信说，"亲爱的克罗斯比夫人，我也不知道我是什么人，您最诚挚的：查尔斯·布考斯基。"在那之后不久，我有近乎十年停止写作。但在此之前的一个雨夜，我手捧《选集》，大风把书页刮得满大街都是，人们追跑着去接住它们，而我呆站在那里喝得半醉看着他们；有个长得很壮的每天早饭都吃六个鸡蛋的玻璃清洁工，将他的大脚踩在一张彩页的正中间："看啊！我抓住了一页！""去它的，随它去吧，让所有纸页都随风去吧！"我对他们说，然后我们回到了屋里。我赢得了某种赌局，这就够了。

大概到上午 11 点钟时，吉姆就会说我喝得已经够多了。他不给我酒了，于是我只好去外面走走。我会从酒吧后门出去，在小巷里躺下来。我喜欢这么做，因为不时有汽车在这些巷子里跑来跑去，每一次我都感觉它们就要来我的小巷了。但我的运气总是很糟。每天都会有黑人小孩用小棍戳我的后背，然后我总会听见妈妈的声音，"好了，好了，别再打扰那个人了！"在这里躺一会儿之后，我会站起身，回到店里继续喝酒。麻烦的是小巷里的石灰，每次我回来都会有人过来掸去我身上的石灰，好像那有什么大不了似的。

有一天我坐在那里，问起一个人关于另一家酒吧的事，"为什么我们这边从没有人去这条街的另外那家酒吧？"他对我说："那是个恶棍酒吧。你要是敢进去，就会被干掉。"我喝完酒，站起身出了门，走向街道那一边。那家酒吧可比我们这家店干净多了。里面坐着不少年轻力壮的家伙，个个阴沉着脸。四下里变得非常安静。"我要一杯苏格兰威士忌和一杯水，"我对酒保说。

他假装没听见我。

我提高了声量："酒保，我说我要一杯苏格兰威士忌和一杯水！"

他愣了很长时间，然后转过身，拿着酒瓶走过来，给我倒了一杯。我一干而尽。

"现在，我要再来一杯。"

我注意到有一个年轻女士独自坐在那里。她看起来很孤单。她很好看，她又好看又孤单。我身上有点钱。我不记得自己哪儿来的钱。我拿起酒杯，走到她身边坐下。

"你想听点什么？"我问她。

"什么都行，你想听什么都行。"

我装上了自动唱机。我不知道自己是什么人，但我知道怎么装自动唱机。她真好看。她怎么可以如此好看却独自坐在酒吧里？

"酒保！酒保！再来两杯酒！一杯给这位女士，另一杯给我！"

我能闻到空气中的死亡气息。我不确定它好不好闻。

"你过得怎么样，宝贝？跟我说说吧！"

我们喝了大约半个小时之后，坐在酒吧最里面的两个大块头有一个站起身，慢慢朝我走了过来。他先是站在我身后，然后弯下身来。女孩去了厕所。"听着，哥们儿，我想告诉你件事。"

"请讲。乐意效劳。"

"那是老板的女孩。再乱搞下去，你会被干掉的。"

他原话就是这么说的："干掉。"就像电影里那样。他走回座位，坐下了。她从厕所回来，坐在了我旁边。

"酒保，"我说，"再来两杯酒。"

我不停地播放点唱机，不停地讲话。然后我得去趟厕所了。我走向写有"男"的位置，我发现那里是一道很长的下行楼梯。他们把男厕所放在地下室。真够奇怪的。我刚向下迈出一级台阶，就注意到那两个坐在酒吧最里面的大块头跟在我身后。这与其说让我害怕，倒不如说让我觉得惊奇。我没有其他选择，只得继续走下去。我走到小便池前，拉开拉链，开始撒尿。半醉半迷间，我模糊看见那两个强盗走了下来。我刚把头转过去少许，就感到后脑勺正中（而不是侧面耳朵附近）挨了狠狠的一击。灯光在我眼前闪烁着转起了圈，但我觉得还撑得住。我小便完，把它放回裤子里，然后拉上了拉链。我转过身。他们站在那里等着我摔倒。"借过，"说着我从他俩之间穿过，走上台阶，走回座位坐下。我忘记了洗手。

"酒保，"我说，"再来两杯酒。"

血流了出来。我掏出手帕捂在脑袋后面。然后那两个大块头从厕所走出来，又回到座位上。

"酒保，"我冲他们点了点头，"给那两位先生也来两杯酒。"

我们继续听歌，继续聊天，女孩没有从我身边走开。她说的话我绝大多数都没听进去。然后我又得去厕所了。我站起身，又去了一次男厕所。我走过去时，其中一个大块头对另一个说，"你干不掉这个杂种的。他是个疯子。"

他们没有再跟下来，但我从厕所回来后，没再坐回那个女孩旁边。我已经证明了某种观点，所以就对她失去兴趣了。那天晚上剩下的时间，我一直留在那家店里喝酒，夜晚打烊时，我们一起走出店门，说着笑着唱着。最后几个小时我一直在跟一个黑头发的小子喝酒。他过来对我说:"听着,我们想要你加入团伙。你有种。我们需要你这样的家伙。"

"多谢了,老弟。我很感激你们的邀请,但我不能加入你们。还是要谢谢你。"

然后我就离开了。到哪儿都是这种老套的桥段。

在几个街区之外,我拦下一辆警车,告诉他们我被几个小混混胁迫和抢劫了。他们带我去了急救室,我坐在明亮的电灯下,旁边是一名医生和一名护士。"接下来会很疼,"他对我说。接着缝针就开始穿梭起来。我什么也没感觉到。我感到自己和身边的一切都尽在掌控。他们在我脑袋上缠绷带时,我正伸手摸了一把护士的腿。我捏了捏她的膝盖。这让我感觉不错。

"嘿!真该死,你是怎么回事?"

"没什么,只是开个玩笑。"我对医生说。

"你想让我们把这家伙关进去吗?"一名警察走上来问道。

"不用了,送他回家。这个夜晚已经够他受的了。"

警察开车载我回到家。服务不错。如果是在洛杉矶,我肯定会被送去监狱。回到住处之后,我喝了一瓶红葡萄酒,然后就去睡觉了。

第二天早上,我没赶上那间老酒吧 5:30 的开门。有时候我是会缺席的。有时候我整天都躺在床上。大约下午 2 点,我听见几个女人在窗外说话。"我不太了解那个新来的房客。他有时一整天都待在屋子里,放下窗帘听收音机。除了这个他什么也不干！"

"我见过他，"另一个说，"大多数时候都醉醺醺的，真是个糟糕的男人。"

"我觉得我得让他搬走了，"第一个回答说。

啊，该死，我想。啊，该死，该死该死该死该死。

我关掉斯特拉文斯基[1]，穿上衣服，出门来到酒吧门前。我走进门去。

"嘿！他来了！！！"

"我们以为你被干掉了！"

"你去那家恶棍酒吧了吗？"

"去过了。"

"快跟我们说说吧！"

"我得先喝一杯。"

"当然，当然。"

一杯苏格兰威士忌和一杯水来到我面前。我坐在吧台末端。第16大街和费尔蒙特区的肮脏阳光从窗户的某处挤进了屋。我的一天开始了。

"那些传言，"我开始讲述，"说它是个恶棍聚集的场所，的确是真的……"然后我把差不多刚才讲给你的内容讲给他们听。

---

1 伊戈尔·菲德洛维奇·斯特拉文斯基（Igor Fedorovitch Stravinsky，1882—1971），美籍俄国作曲家、指挥家和钢琴家，西方现代派音乐的重要人物。

那之后的故事是，我几乎有两个月都没办法梳头，我又去过那家恶棍酒吧一两次，每次去他们都对我很友善，不久之后我就离开了费城，去寻找下一段麻烦或者不管什么我在寻找的东西。我的确找到了麻烦，但除此之外我究竟还在寻找些什么，连自己也没搞明白。也许在死的时候我们会明白的。也许到死都不会。你们有你们的哲学书、你们的神父、你们的传教士、你们的科学家，所以干吗来问我呢。还有，别去那些男厕所在地下室的酒吧。

盛大的禅宗婚礼

我坐在后排，夹在罗马尼亚面包、肝泥香肠、啤酒和各种软饮中间；系一条绿色领带，这是我在十年前父亲去世那天以后第一次系领带。这一次，我要在一场禅宗婚礼上当伴郎，霍莉丝在开车，时速85英里[1]，罗伊的胡须足有四英尺[2]长，都要飘到我的脸上了。那是我的1962款水星彗星，只是我那时不能开车——没买保险，两次受到酒驾指控，再加上我已经快喝醉了。霍莉丝和罗伊同居三年了，没有结婚，霍莉丝一直在资助罗伊。我坐在后座上喝我的啤酒。罗伊在向我一个一个地介绍霍莉丝的家人。罗伊对那些聪明才智之类的狗屎一直很在行，或者我应该叫它们口角生风之类的狗屎。在他们房子的墙上，贴满了那种很多男人弯下身子伸向女人私处，并做出沉思状的照片。

另外还有一张罗伊正在自慰即将抵达高潮的快照。罗伊是一个人完成这件事的。我是说，按下相机快门。他自己。细线。金属丝。所有那些布置。罗伊说他一共自慰了六次才终于拍到了这张完美作品。一整天的工作，就出了这么个成

1　1英里约等于1.6千米。

2　1英尺约等于30厘米。

果：那乳状的一团——一件艺术作品。霍莉丝转弯下了高速。倒是不太远。有些有钱人家的私人车道足有一英里长。这回倒没有那么糟：只有四分之一英里。我们下了车。热带花园。四五只狗，又大又黑蠢头蠢脑周身长毛覆盖嘴里口水横流的野兽。我们还没走到房子的大门——他出现了，那个有钱人，站在阳台上，正向下俯瞰，手拿酒杯。罗伊大喊起来，"哦，哈维，你这个杂种，见到你太好了！"

哈维露出微笑："我也很高兴见到你，罗伊。"

那几只长毛狗中的一只在我的左腿上啃咬。"把你的狗叫走，哈维，你这杂种，见到你真高兴！"我喊道。

"亚里士多德，别闹了！"

亚里士多德停了下来，很适时。

然后——

我们在台阶上跑上跑下地忙活，萨拉米香肠、匈牙利腌鲇鱼和海虾、龙虾仁、面包圈、剁碎的鸽子屁股。

一切就绪。我坐了下来，抓起一瓶啤酒。只有我一个人系了领带，也只有我一个人买了结婚礼物。我一挥手，把它丢在了墙和被亚里士多德咬过的腿之间。

"查尔斯·布考斯基。"

我站起身。

"哦，查尔斯·布考斯基！"

"嗯，是我。"

然后——

"这是马蒂。"

"你好，马蒂。"

"这个是艾尔希。"

"你好，艾尔希。"

"你真的，"她问道，"会在喝醉后到处乱挥手臂，打坏家具和玻璃窗什么的？"

"嗯，没错。"

"你看起来有点过了胡闹的年纪了。"

"听着，艾尔希，别对我讲什么该死的……"

"还有，这个是蒂娜。"

"你好，蒂娜。"

我坐了下来。

名字！我和第一任妻子结婚两年半的时候，有一天晚上来了些人。我告诉我妻子："这是懒鬼路易，这是玛丽，快吹女王，这个是尼克，半跛子。"然后我转身对着他们说："这是我的妻子……这是我的妻子……这是……"最终我不得不转头问她："好吧好吧，你到底叫什么名字来着？"

"芭芭拉。"

"这是芭芭拉。"我告诉他们……

禅宗大师还没到。我坐在那里呷我的啤酒。

然后来了越来越多的人。人群不断涌向我们落座的台阶上面。全都是霍莉丝家的人。看上去罗伊似乎没有家人。可怜的罗伊，这辈子从没工作过哪怕一天。我又抓起一瓶啤酒。

他们不断涌到台阶上面来：坐过牢的人，时髦的人，残疾人，满腹诡计的经销商人。家人和朋友，好几十个。没有结婚礼物。没人系领带。

我向后退到我的角落里。

有个家伙醉得很厉害。他花了 25 分钟才走上那段台阶。他拄着特制的拐杖，看上去很粗壮、很结实，在接触手臂的位置装有半圆形的臂箍，还有几个特制握柄，铝制杖杆，橡胶托垫。这宝贝可没用一点木头。我看出来了：他大概是在公司里失了势，或是最近没赚到什么钱。他给自己灌下这一肚子酒的时候，正坐在老旧的理发椅上，脸上盖着温热的刮脸毛巾，但是他脸上有好几处关键点都被理发师漏掉了。

到场的还有其他人。有个人在加州大学洛杉矶分校里教课。还有个人在圣佩德罗港通过中国渔船搞走私。

我被介绍认识了整个世纪最伟大的杀手和商人。

我呢，我丢了上一份工作，下一份还没找到。

然后哈维走上来了。

"布考斯基，想来点苏格兰威士忌和水吗？"

"当然，哈维，当然。"

我们向厨房走去。

"你为什么系领带？"

"我裤子最上面的拉链坏了。我的短裤又太短。领带的下沿刚好能遮住我下面的臭毛。"

"我认为你是活着的现代短篇小说大师。没人赶得上你。"

"当然，哈维。威士忌在哪儿？"

哈维向我指了那瓶苏格兰威士忌的位置。"

"自从看到你在小说里提到它，我一直都喝这种威士忌。"

"但我已经换牌子了，哈夫 [1]。我发现了一种比这更好的。"

"叫什么名字？"

"见鬼，我哪里记得。"

我找到一只很高的玻璃杯，倒进去一半威士忌和一半水。

"这样对神经有好处，"我对他说，"你知道吗？"

"当然，布考斯基。"

我一饮而尽。

"再来一杯吧？"

"当然。"

我端着重新倒满的酒杯走向前屋，坐进我的角落。这时人们再次兴奋起来：禅宗大师到了。

禅宗大师穿着件非常花哨的外套，眼睛眯得很细。或者可能他的眼睛本来就是那个样。

禅宗大师需要几张桌子。罗伊四处跑着找桌子。

与此同时，禅宗大师却非常平静，非常优雅。我喝干酒杯，又去续了一杯，走回来。

一个金发的孩子跑进来，大约十一岁。

"布考斯基，我读过一些你的小说。我觉得你是我读过的

1　哈夫（Harv）是哈维的简称。

最伟大的作家！"

长长的金色鬈发，戴眼镜，身材纤细。

"好的，宝贝。等你足够年长，我们就结婚。用你的钱生活。我有点疲惫了。你可以把我放在一个打着气孔的玻璃笼子里，拉着我去游行展览。我会允许你和年轻男孩们搞在一起。我甚至会观看你们。"

"布考斯基！就因为我留长头发，你以为我是个女孩！我叫保罗！我们见过面！难道你不记得我了？"

保罗的父亲哈维，正在看着我。我看见了他的眼睛。我意识到他暗自在心里判定我终究不是个好作家，或许甚至是个坏作家。好吧，没人能永远隐藏自己。

不过那个小男孩倒并不在意："没关系，布考斯基！你仍然是我读过的最伟大的作家！爸爸让我读了一些你写的小说……"

这时所有的灯都熄灭了。这就是那孩子大嘴巴的下场……

但到处都是蜡烛。每个人都在四处找蜡烛，走来走去地找蜡烛，然后把它们点燃。

"只是保险丝断了，快去换保险丝，"我说。

有人说不是保险丝的问题，是其他什么地方出了问题，我不再追究，而是就着全场点亮的蜡烛去厨房续杯威士忌。哈维正站在那里。

"你的儿子长得很英俊，哈维。你的小子，彼得……"

"保罗。"

"抱歉。《圣经》的缘故[1]。"

"我理解。"

（有钱人全都理解；他们只是什么也不做。）

哈维又新开了一瓶五分之一加仑[2]。我们聊了卡夫卡、陀思妥耶夫斯基、屠格涅夫、果戈理之类的无聊狗屎。到处都是蜡烛，是禅宗大师吩咐点上的。罗伊提前给了我那两枚戒指。我感觉得到它们，它们还在那儿。所有人都在等我们。我在等着看哈维因喝了那么多威士忌而醉倒在地上。那酒并不好喝。我每喝一杯他就喝两杯，可他仍然站在那儿。这样的事可不常见。我们在点蜡烛的那十分钟里喝完了半瓶五分之一加仑。然后我们走出厨房，来到人群中间。我将戒指扔给罗伊。罗伊几天前就提醒过禅宗大师，说我是个酒鬼——不值得信赖——无论是出于谨慎还是恶毒——所以，在婚礼仪式期间，不要指望布考斯基负责保管戒指，因为布考斯基可能会不在场，可能会把戒指弄丢，也可能会跑去呕吐，或者把他自己弄丢。

好了，这下总算开始了。禅宗大师开始摆弄起他的黑色小书。它看起来并不厚，我猜大约有 150 页吧。

1　彼得和保罗是《圣经》中的人物，他们都是耶稣的门徒。
2　公制五分之一杜瓦苏格兰威士忌。五分之一是旧时美国用于葡萄酒和蒸馏饮料的体积单位，等于五分之一美制液体加仑。

"我要求，"禅师说，"仪式期间禁止饮酒或吸烟。"

我喝干杯中酒，站在了罗伊右边。全场每个人都开始喝干自己的酒杯。

禅宗大师露出了微微一笑。

基于之前的体验，我了解基督教婚礼那套悲哀的、生搬硬套式的流程。令我惊讶的是，禅宗婚礼实际上只是照搬了基督教的那一套，只不过掺杂了一点狗屁不通的新东西在里面。在仪式当中的某个阶段，有三炷香会被点燃。禅师带来了满满一箱那样的玩意儿——足有二百或三百炷。等到三炷香都被点燃，其中一炷会被插在一个装满细沙的罐子中间。那一炷便是禅香。然后禅师吩咐罗伊将属于他的那炷点燃的香插在禅香的一侧，霍莉丝则将她的那炷插在另一侧。

可那两炷香插得并不完全合适。禅宗大师一边露出微笑，一边向前探手，将那两炷香的深度和高度调整到位。

接着，禅宗大师从沙子里挖出一串棕色念珠。

他将那串念珠交给罗伊。

"现在吗？"罗伊问道。

该死，我想，罗伊平时总能看穿别人的每个心思，为什么在他自己的婚礼上就不灵了？

禅师探身向前，将霍莉丝的右手放在罗伊的左手上，又把那串念珠围在两只手的外侧。

"你愿意……"

"愿意……"

（这就是禅宗婚礼？我想。）

"那么你，霍莉丝……"

"愿意……"

与此同时，有个混蛋在烛光中拍下了几百张婚礼照片。这让我感到紧张。他有可能是联邦调查局的。

"咔嚓！咔嚓！咔嚓！"

当然，我们都是清白的。但这还是很让人不安，因为这也太不谨慎了。

这时我在烛光中注意到了禅宗大师的耳朵，烛光从他的耳朵上透过，就好像那对耳朵是世界上最薄的厕纸做成的一样。

禅宗大师长着一对我见过的所有人里最薄的耳朵，这就是他如此神圣的秘密所在！我必须也有一对这样的耳朵！无论是为了我的钱包还是我的公猫还是我的记忆，或者哪怕只是为了把它们压在枕头底下。

当然，我知道是我喝下的那些苏格兰威士忌和水和啤酒在对我说话，但接下来有那么一阵工夫，我似乎又全然忘了。

我禁不住一直盯着禅宗大师的耳朵。

他们的誓词还没说完。

"……而你，罗伊，你发誓在与霍莉丝的婚姻期间不会去吸毒吗？"

这时似乎出现了一段尴尬的停顿。然后，他们的手扣紧在那串棕色的念珠中间："我发誓，"罗伊照着说，"我不会……"

很快，仪式结束了，或者说看上去结束了。禅宗大师直起身子定定站着，露出微微一笑。

我碰了碰罗伊的肩："祝贺你。"

然后我倾身捧起霍莉丝的脸，在她美丽的嘴唇上吻了一下。

大家仍旧坐在那里，简直是一群弱智。

没人哪怕动一下，那些蜡烛弱智一般地闪着微光。

我走到禅宗大师面前，握住他的手："谢谢。婚礼你主持得很不错。"

他看上去真的颇为满意，于是我也感觉好受了些。可其他那帮强盗——那些坦慕尼协会[1]老会员和黑手党：他们太自负、太愚蠢以至于不愿与一位东方人握手。只有一个人来亲吻了霍莉丝。还有一个握了禅宗大师的手。也许这是一场奉子成婚的婚礼。这些所谓的"家人"！好吧，很可能我是最后一个知道的。

婚礼仪式结束之后，全场显得格外冷清起来。所有人就只是坐在那里彼此对看。我永远读不懂人类，可总得有什么人跳出来扮演小丑，我扯下我的绿领带，把它扔向空中：

1　坦慕尼协会（Tammany Hall）也称哥伦比亚团（the Columbian Order），成立于 1789 年 5 月 12 日，起初是美国一个全国性的爱国慈善团体，致力于维护民主机构，尤其反对联邦党的上流社会理论，后来成为纽约一地的政治机构并成为民主党的政治机器。美国历史上的坦慕尼社也就成了坦慕尼协会（因其总部而得名）。该协会 19 世纪曾卷入过操控选举丑闻，备受争议，1934 年垮台。

"嘿！你们这帮混蛋！难道没人觉得饿吗？"

我走上前去，开始往自己的盘里夹奶酪、腌猪蹄和鸡屁股。有几个人开始生硬地活泛起来，也走过来开始夹吃的，他们也想不出还有什么其他事情可做。

我带动他们小口吃了起来，然后我去厨房找威士忌和水。

我正在厨房里倒酒，听见禅宗大师说"现在我得走了"。

"噢唔，别走……"我听见一个年老、尖细的女声从这群像是聚集了三年有余的史上最大黑帮中间传出来。可就连她的声音听上去也显得不那么诚恳。我在这群家伙当中干什么呢？那个加大洛杉矶分校的教授又在他们当中干什么？不，加大教授跟他们是一类人。

这里该有一段忏悔，或诸如此类能将这整套程序变得更有人性的什么活动。

一听见禅宗大师关上前门的声音，我立刻将酒杯里的威士忌一干而尽。然后我穿过被那帮闲聊着的杂种塞满的、点着蜡烛的屋子，找到大门（虽然时间很短，可也颇费了一番功夫），接着我打开门，从外边关上门，然后他就在我眼前了……禅师就在我面前 15 级台阶下面。我们大约还有 45 到50 级台阶才能下到停车场。

我迈着两倍于他的步伐，蹒跚着向禅师逼近。

我一边跨步一边喊："喂，大师！"

禅师转过身。"什么事，老头？"

老头？

我们两个都站住了，在那月色下的热带花园里的蜿蜒的台阶上，互相对视。那像是一个彼此拉近关系的时刻。

然后我对他说："要么给我你那两只该死的耳朵，要么给我你那身该死的行头——就是你身上那件霓虹灯般闪烁的浴袍！"

"老头，你疯了！"

"比起你这严厉、轻率的申诉，我还以为禅师会做出些更有种的回应呢。你真让我失望，大师！"

禅师一边双手合十，一边向上望去。

我又对他说，"要么给我你那身该死的行头，要么给我你那对该死的耳朵！"

他继续双手合十，同时看向上方。

我纵身冲下台阶，好几次几乎踩空但还是稳住了脚步，避免了磕破自己的脑袋。我一边向下冲，一边向禅师挥动拳头，但我的势头过猛，像个找不准方向的无头苍蝇。禅师抓住我，帮我在他面前站定。

"孩子，我的孩子……"

我们离得很近。我挥起一拳，给他结结实实地来了一下。我听见了他发出的嘶嘶声。他向后退了一步。我又挥出一拳。这次没打中，左偏得离谱。惯性使我栽倒在一丛来自天堂的什么怪异植物里。我站起身，再次向他走过去。这时在月光下，我看见了自己裤子前部的窘相——那里溅满了鲜血、蜡滴和呕吐物。

"这回你可真遇见大师了，混蛋！"我一边靠近一边向他宣告。他静待我靠近。多年的杂工经历使我的肌肉还不至于完全松弛。我在他肚子上深深一击，支撑这记重拳的是全身230磅体重。

禅师稍喘了口气，再次向天空做祈求状，又对着东方说了句什么，对我来了一记短促的空手切——可说是颇为友好地——然后看着我在一堆墨西哥仙人掌当中打滚，以及在我看来，做出在巴西原始森林深处啃吃植物的动作。我在月光下喘息片刻，直到这片紫色花朵像是要在我鼻子前聚集，并最终优美地掐灭我的呼吸。

我至少花了150年才闯进《哈佛经典》[1]。没有别的选择：我挣脱了那堆植物，开始重新爬回台阶上面。快到达顶端时，我强撑着站起身子，打开门走了进去。没人注意到我回来，他们仍在说那些蠢话。我脚步蹒跚地走回我的角落，扑通坐下。那记空手切在我左侧眉骨上方打开了一道口子。我找出自己的手帕。

"天哪！我得来杯酒！"我大喊。

哈维为我端来一杯。一整杯纯威士忌。我喝干了它。为什么人们谈话时发出的嗡嗡声听上去会如此愚蠢？我注意到介绍给我时说是新娘母亲的那个女人此时已经露出了她的腿，而且它们看起来还不错，长长的尼龙袜加上昂贵的细高跟鞋，

1　《哈佛经典》即 *Harvard Classics*，也被称为 *Five-Foot Shelves*，由哈佛大学第二任校长查尔斯·艾略特任主编，联合哈佛大学及美国其他名校100多位享誉全球的教授历时4年完成。

还有脚尖附近作为点缀的珠宝。这一套足以让一个蠢货觉得热辣无比，而我只是半个蠢货。

我站起身，走到新娘母亲面前，将她的裙子撩到大腿，快速地亲吻了她漂亮的双膝，然后继续向上亲吻。

蜡烛光起了作用，所有这一切。

"嘿！"她猛然醒悟过来，"你在干什么？"

她一把将我推倒在后面的地毯上。我平躺在地上，胡乱踢打，试图站起身。

"该死的亚马逊！"我冲她喊道。

三四分钟之后，我才终于重新站定。有人在笑。趁着自己总算再次双脚着地，我走进厨房，为自己倒了杯酒，喝干了它。然后我又倒了一杯，端着酒走出厨房。

到处都是人：所有那些该死的亲戚。

"罗伊和霍莉丝，"我问道，"为什么不去拆你们的结婚礼物呢？"

"当然，"罗伊回答，"为什么不呢？"

我那件礼物裹着45码[1]长的包装锡纸。罗伊不断反绕着拆开那些锡纸。终于全都拆掉了。

"新婚快乐！"我喊道。

他们都看见它了。屋子里变得非常安静。

那是一口由西班牙最棒的匠人手工制作的小棺材，甚至

---

[1] 1码约等于0.9米。

底部也有那种粉红色的质感。它完全就是一口正常棺材的小型复制品，只是也许在制作过程中加上了一些爱意。

罗伊露出他生气时的凶相，他扯下介绍如何打磨木头表面以使其保持光亮的说明标签，将它塞进棺材里，然后盖上了盖子。

四下里安静极了。唯一一份结婚礼物没能收到良好的效果。但他们很快又重新聚集，开始聊起他们的蠢话。

我开始变得沉默。我原本很为自己的小棺材感到骄傲。我花了好多个小时挑选礼物，几乎要把自己逼疯。然后终于在货架上看见了它，孤零零地放在那里。我摸摸它的外部，上下翻转着查看，又打开看了它的内里。它价格不菲，可我花钱是冲着它完美的手工工艺，那上好的木料，还有那精巧的铰链……诸如此类的东西。同时我还需要买些灭蚁喷雾。我在店铺最深处找到一瓶黑旗[1]。蚂蚁在我的前门下面筑了巢。我把东西拿到收银台。那里站着一个年轻女孩，我把东西摆在她面前。我指着小棺材。

"你知道这是什么吗？"

"什么？"

"是一口棺材！"

我把它打开，让她看看里面。

"这些蚂蚁要把我逼疯了。你知道我要怎么做吗？"

1　黑旗（Black Flag）是美国最古老的杀虫剂品牌，创立于1883年。

“怎么做？”

“我要杀死所有那些蚂蚁，把它们放进这口棺材，然后埋了它们！”

她笑了。“这是我这一整天听到的最好笑的事！”

这年月你再也没法玩出什么让这些年轻人吃惊的把戏了，他们完全是一批更出众的物种。我付了钱，走出店铺……

但是此刻，在婚礼上，没有人被我逗笑。一口上面绑着红绸带的高压锅，八成会让他们感到满意。或者也许连那也不行？

最终，哈维，那个有钱人，还是所有人当中最好心的一个。或许是因为他负担得起做个好心人？这让我想起以前读过的来自中国古书中的句子，大意是：

“你更愿意变得有钱还是做个艺术家？”

“我更愿意有钱，因为艺术家们总是沦落到只能坐在有钱人门前的台阶上。”

我喝了口五分之一加仑，对眼前的一切失去了兴趣。不知怎的，我记得的下一件事已经是婚礼结束之后了。我坐在自己的车后座，又是霍莉丝在开车，罗伊的胡须再次飘拂在我脸上。我喝了口我的五分之一加仑。

“听着，你们两个是不是把我的小棺材给扔了？我爱你们俩，你们知道的！你们为什么要扔掉我的小棺材？”

“听着，布考斯基！你的棺材在这儿！”

罗伊将它推到我眼前，给我看我的小棺材。

"啊，很好！"

"你想把它要回去吗？"

"不！不！它是我给你们的礼物！你们唯一的结婚礼物！留着吧！求你们了！"

"好吧。"

余下那段路上每个人都很安静。我当时住在好莱坞附近（当然如此）的一个前院。停车位很难找。后来他们在距我住处半个街区的地方找到一个车位。他们停好我的车，把车钥匙交到我手里。然后他们走向马路对面自己的车。我看着他们过了马路，然后转身向我的住处走，我仍不时回望他们而且手里拿着哈维喝剩下的五分之一加仑，我的脚尖被裤脚绊了一下，摔倒在地上。在我跌倒的瞬间，我的第一直觉是保护那剩余的半瓶五分之一加仑不被水泥地磕得粉碎（就像母亲保护孩子的本能一样），同时，我努力用自己的双肩着地，把头和酒瓶高高举起。我保住了酒瓶，但后脑勺却磕在了人行道牙子上，咚！

他们俩站住看着我摔倒。我被摔得差点失去了意识，但还是强打起精神冲街对面的他们喊道："罗伊！霍莉丝！帮帮我，把我扶回门前，求你们了，我受伤了！"

他们在那里站了片刻，看着我。然后他们上了车，发动引擎，稍向后挪了挪车，接着便熟练地开走了。

我因什么事遭了报复，也许是那个棺材？不管是因为什么吧——他们用我的车，用我在婚礼上扮演小丑和伴郎的角色……他们对我的利用告一段落了。人类总是能让我感到恶心。究其本质，他们让我感到恶心是因为那种家庭关系中的病态，包括婚姻，以及对权力和帮助的交易，它就像一种疼痛、一种麻风病，接下来便成了你的邻居、你的街坊、你的地区、你的城市、你的市县、你的州、你的国家……每个人，出于一种对兽性愚蠢的恐惧，都在生存的蜂窝中拼命抓紧彼此的屁股。

这些我全都理解，理解他们为什么丢下我一个人在那里苦苦恳求。

只要再给我五分钟，我想。如果我能再在这里不受打扰地躺上五分钟，我会自己站起身，挪到我的住处，然后进屋。我是最后的亡命徒，比利小子[1]于我也不足挂齿。只要再给我五分钟，只要让我回到自己的洞穴，我会自我修复。下一次他们再叫我去扮演他们需要的某种角色，我会告诉他们该如何用我。五分钟，这就是我要的一切。

两个女人从我身旁走过。她们转过身看着我。

"噢，你看他。他怎么了？"

"他喝醉了。"

"他该不会是生病了吧？"

"不是，你看他抓着那只酒瓶的手，就像个婴儿。"

1　比利小子（Billy the Kid）是美国著名罪犯，真名为威廉·邦尼（William Bonney），1859 年出生在美国大西部的枪手。他 14 岁成为孤儿，17 岁就开始杀人，之后终其一生都是亡命之徒，谋杀了 21 个人，22 岁时遭警察击杀。但也有人认为他是除暴安良的西部英雄。

噢，该死，我朝她们大嚷起来：

"我要用嘴吸你们两个！我要把你们两个吸干，你们这些荡妇！"

"噢噢噢噢噢呜！"

她们两人都跑进了旁边的玻璃墙大厦，隔着玻璃看我。而我躺在玻璃外面无法站起身子，我这个"最棒的男人[1]"。我需要做的只是挪回到自己的住处——它就在30码之外，却远得像三百万光年。距离我的租屋前门只剩下三十码。再过两分钟我就可以站起身子。每一次尝试起身，我都感到恢复了更多力气。即使一个喝醉酒的老家伙也一定能挪回家去，只要给他再多一点时间。一分钟，只要再多一分钟，我就能做到。

然后他们来了。同样是这个世界病态家族架构中的一部分。他们是真正的疯子，从不问自己为什么要做出那些事。他们停下车后，继续让车上的红色警灯闪动。他们下了车。有一个人手里拿着手电筒。

"布考斯基，"拿手电筒的那个人说，"你就是没法让自己不找点麻烦出来，对吗？"

之前某次他知道了我的名字。

"听着，"我说，"我只是失足摔倒了，撞到了头。我从来不会丧失理智或者失去条理。我不是个危险的人。你们几个帮帮忙，扶我回家怎么样？我的房子就在30码之外。扶我回

1　"伴郎"的英文是 best man，字面意为"最棒的男人"。

去，让我躺在床上睡一觉就好了。你们真的不觉得这是个好办法吗？"

"先生，有两名女士报警说您试图强暴她们。"

"先生们，我永远不会试图同时强暴两名女士。"

那个警察一直不停地对着我的脸闪他那愚蠢的手电筒。这给了他很大的优越感。

"只要30码就能到达自由！难道你们就没办法理解吗？"

"你是这座城市里最滑稽的小丑，布考斯基。你还能怎么替自己辩解？"

"好吧，让我想想——你面前的这个在人行道上爬行的家伙，是一场婚礼的产物，一场禅宗婚礼。"

"你是说真有个女人要跟你结婚？"

"不是我，你这混蛋……"

拿手电筒的警察将它伸到了我的鼻子前面。

"我们要求你对执法官员予以尊重。"

"抱歉。有那么一秒钟我忘了这回事。"

血顺着我的喉咙流下来，浸湿了我的衬衣。我感到疲倦极了——对所有这些事。

"布考斯基，"那个刚用手电筒照我脸的家伙问道，"你为什么就不能不找麻烦？"

"省了这些狗屁不通的废话，"我说，"直接去监狱吧。"

他们给我戴上手铐，将我扔进车后座。又是那一套相同的老场景。

他们车开得很慢，聊着各种各样可能的和疯狂的事情——比如，关于将房子前面的门廊拓宽，或者建一个游泳池，或者再在房子后面盖一座新房给爷爷奶奶住。当他们聊到体育——这群家伙可成了真正的男人——洛杉矶道奇队[1]仍有机会夺冠，即使目前还有两三支其他球队排在他们前面。又回到了那个大家庭——道奇队夺冠就等于他们也夺冠了。有一个人登上了月球，就等于他们也登上了月球。但要是有一个饿着肚子的人向他们讨一枚硬币——无法识别，滚开，白痴。我是说当他们穿上便装的时候。还从没有一个饿肚子的人向警察乞讨过硬币。在这方面我们记录清白。

接着，我被推着走过磨坊——在我一度距离自己的屋子仅有 30 码远之后，在我作为整个仪式上多达 59 人中的唯一一个人类之后。

我又一次回到了那里，站在这种不知做错了什么但被定为有罪的长长队列里。那些年轻的家伙还不知道自己将经历什么。他们将一种被称作"宪法"的东西和他们自己的权利混为一谈。那些年轻的警察，无论是市监狱的还是县监狱的，都接受过处理醉鬼的培训。他们当然要展示自己的培训成果。当我看着他们将一个伙计带进电梯，带着他上上下下，上上下下，等到他出来的时候，你已经认不出他是谁，甚至不知

1　洛杉矶道奇队（Los Angeles Dodgers）成立于 1883 年，是美国加州洛杉矶的一支职棒大联盟球队，隶属国家联盟西区。

道他曾是什么样——只看见一个尖叫着呼唤人权的黑人。然后他们抓住一个白人，他叫喊着什么关于宪法权利的东西；四五个警察围住他，转瞬间就让他无法走路；他们把他带回来靠在墙上，他摇摇晃晃地站在那里，满身血迹，他就那样站着，战栗着，颤抖着。

我又一次被他们拍了照。又一次录了我的指纹。

他们把我带到地下室里的醉鬼监禁室，他们把门打开。然后我要做的就只是在那装满150人的屋子里找到一片落脚的空间。一个屎盆。到处都是呕吐物和尿液。我在我的伙计们身旁找到了一小块地方。我是查尔斯·布考斯基，我的作品被收藏在加州大学圣巴巴拉分校的文献档案里。在那里，有人认为我是个天才。我伸展四肢时碰到了墙边的木板。这时我听见一个年轻的声音，一个男孩的说话声。

"先生，给我二十五美分我就包您爽！"

他们本应收走你所有的零钱、票据、身份证明、钥匙、刀具，诸如此类，再加上香烟，然后便会有财产事故发生——无非是你丢失、卖掉或被偷之类的。但无论如何，犯人们中间还是会有钱和香烟流通。

"抱歉，小伙子，"我告诉他，"他们拿走了我所有的钱。"

四个小时之后我成功地睡着了，在这种地方。

我是来自一场禅宗婚礼的伴郎，我敢打赌新娘和新郎那天晚上甚至都没搞成。可却有别的人被搞得够呛。

Buk 68

摘自《邮差》

在床上，可餐秀色摆在我面前而我却什么也做不了。我撞啊撞啊撞。薇很耐心。我不断地努力和使劲，但就是做不到，我喝太多了。

"对不起，宝贝，"我说。然后我从她身上翻下来，睡着了。

后来我又被弄醒了。是薇。她坐在我上面。

"来呀，宝贝，来呀！"我对她说。

我不时弓起身子。她用贪婪的小眼睛俯视我。我正被一个黄头发高个子的女巫强暴！有那么一刻，这让我颇感兴奋。

然后我告诉她，"该死。下来吧，宝贝。我过了漫长的一天，累得够呛。我们会找到更好的时机。"

她从我身上爬下来。那家伙像高速电梯一样落下。

早晨我听见她在走来走去。她走啊走啊走。

当时大约是早上十点半。我感到很不舒服。我不想面对她。再给我十五分钟，然后我就走。

她摇了摇我。"听着，我想让你在我闺蜜来之前离开这里！"

"她来了又怎样？我连她也不放过。"

"没错，"她笑道，"没错。"

我起身。咳嗽。作呕。慢慢钻进我的衣服。

"你让我感到像被抛弃了一样，"我告诉她。"我没那么差吧！我身上一定还有点儿好的地方。"

我终于穿完了衣服。走进浴室，往自己脸上抛了一把水，又梳了头发。要是我能梳一梳这张脸该多好，我想到，可惜我不能。

我走出浴室。

"薇。"

"什么？"

"别太生我的气。不是你的错。是因为我喝太多了。以前也发生过。"

"好吧，那么，你不应该喝这么多酒。没有女人喜欢自己被排在一瓶酒后面。"

"那你何不赌一赌我究竟会怎么排？"

"噢，得了吧！"

"听着，你需要钱吗，宝贝？"

我从钱包里摸出一张二十美元，递到她手里。

"哎呀，你可真好！"

她用手碰了碰我的脸颊，温柔地在我嘴边吻了几下。

"你给我小心点开车。"

"当然，宝贝。"

我小心地一路开向了赌马场。

不知去向的短暂非登月计划

你们

没有面孔

完全没有

面孔

不知为何发笑——

让我来告诉你们

我曾在贫民窟里

与低能的酒鬼一起喝酒

他们的信仰更加美好

他们的眼睛里还存有光亮

他们的声音里仍透着情感，

当早晨来临

我们觉得恶心但并没有生病，

贫穷但未受蒙骗，

我们在床上伸展四肢然后

在傍晚起来

像一群百万富翁。

拉斐特·杨
1970 年 12 月 1 日

【……】没人能理解一个酒鬼……我很早就开始酗酒……大概 16 或 17 岁的样子，每个宿醉后的早晨我都会得到惩罚——那些怨恨和憎恶的脸。当然，我的父母无论如何都恨我。但我记得有一天早晨我对他们说："老天，我只是喝醉了而已……你们这些人对待我的方式就好像我是个杀人犯……""没错！就是这样！"他们说，"你的行为比杀人犯还要恶劣！"他们是真的这样认为。好吧，他们的意思是说从社交层面来看，我让他们在街坊邻居面前感到羞耻。他们认为犯了谋杀罪的人可能还有说得过去的借口，但酗酒……不可能，上帝为证，绝没有！他们一定坚信如此，因为当战争一开始，他们立刻就敦促我去加入杀人者的行列……因为从社交层面上讲，那是可被接受的。

致斯蒂夫·里奇蒙德
1971 年 3 月 1 日

【······】像你这个年纪的人，如果要伸展四肢、听一听从脚尖到脑袋的声音，那么喝酒是有用的。在那样的年纪，你们完全可以这样做。在夏天，当所有游泳的人光着丑陋的屁股在你面前走来走去，可能并不太适合喝酒，但在冬天确实很适合。不过，最适合喝酒的时刻，是一直等到快要日落，再慢慢地开始喝起，配上一点古典音乐。那种时刻很适合写作——在大约喝上一小时之后。点上雪茄。感到平静，尽管你知道那只是暂时的，所以即使你内心感到平静，也仍然可以聊些战争之类的事情，就这样随它自然写出来。允许自己享受片刻吧。

致约翰·本内特
1971 年 3 月 22 日

【……】我坐在四轮车上——也许会坐上很久——喝酒损耗并撕扯着我——我 50 岁了——喝酒超过 33 年——现在得停一停了。它带来了太多打击。我真的一度接近死亡，我并没有说那是坏事，坏的是它让人恶心，让人无力承受这卑微的存在所带来的那些狗屎。我不知道自己能保持多久的清醒，但我要努力试一试。

在马车上

史蒂文斯几乎每喝一瓶酒都会打碎
酒瓶。
他会将它们扔进水槽，
用水冲走威士忌
然后收起碎玻璃
对我说，
"就这样了。我过关了。我在
马车上了！"
我们会聊上大约一小时
然后他会说，
"让我们上拐角那儿
去拿文件。"
我们到了那儿然后他会说，
"等一下，我需要一些
香烟。"
我们又回去
他会坐下来盯着我看一会儿
然后拿出一品脱装的酒瓶，
剥去瓶口的包装纸，拔出瓶塞
将瓶口凑上他的

嘴唇······"啊——！

要来一口吗？"

最后他搬到了辛辛那提

我猜他

至今仍会这么做。

而我？

我昨天刚

戒酒。

喝酒

对我来说
它曾是或
仍是
一种
死亡方式
脚穿长靴
身背猎枪
抽着烟
背景里播放着
交响乐。

独自喝酒,
我是说。
那是唯一的
喝酒方式——
独自喝酒
独自生活
组装配件
感受自身的配件。

当然

喝酒可以

杀死

你

一场冷水淋浴

也可以

或者一幅高更的

画作

或者一个

大热天里

的一只老狗。

我估计

如果一次性地

对着你头顶上

冷酷的

天空

连续吞咽一千口酒

你也会

死。

这就是为什么我

喝酒：等待

这样的

一刻。

星期天的天使

星期天晚上的洛杉矶是这个国家的墓园，

他们全都在等待星期一早晨的来临。

尽管如此，我们还是走进了夏凯酒吧。

当然，他们没放电影。

那里看上去更像个太平间，

有七个人在里面。

我的朋友，荷兰人，是个疯子，每星期工作七天，

还从一名服务员手里买了一顶草帽

花了一美元，平时那玩意儿他们可是免费

送给我的。

我们坐在那里吃了比萨，喝了啤酒。

"布考斯基，"荷兰人说，"你一定是个中国佬，你的眼睛细得

　　像两条缝，但是你的鼻子太大了，所以你

又不可能是中国佬。"

然后他将几个凳子拼在一起躺了下去。

我一整天都在喝酒，所以当那个伙计走进屋

坐在钢琴前的时候，我

也起身跳起舞来，

将我的草帽扔向头顶然后接住它。

另外那七个人看着我。

我向一位灰白头发的老妇抛去飞吻，

但那天晚上我没什么事好做，

在那个镇子上我没什么事好做。

那个夜晚和那个镇子都死了。

附近甚至连警察都没有。

我摇了摇荷兰人。

"我们走吧，我想要一个人喝醉。"

我们走出酒吧，荷兰人顺手偷了一个扎啤杯。

在外面的停车场里，他撒尿搞创作。

然后我们钻进车，开车离开了那里，

没有女孩，只有我们两个老男人

在洛杉矶城

国家的星期天墓园，

而我在整整一天一夜里最大的动作

是在屋前门外点燃一根烟时

烧到了自己的手指，

然后我走进屋，独自

喝得大醉。

摘自《查尔斯·布考斯基简答十问》

问题： 你认为当今美国市场上最好的啤酒品牌是什么？

布考斯基： 这有点难回答。在我的系统里美乐[1]是最容易想到的答案，但是每次新一批的美乐啤酒味道都会比前一批差一点。他们正在对它做些什么我不喜欢的事情。我好像开始逐渐转向了施丽兹[2]。我更喜欢瓶装啤酒。易拉罐在啤酒里加入了一股很明显的金属味道。易拉罐是为了仓库工作人员和酒厂的方便而设计的。每当看见有人喝罐装啤酒我就想，"看啊，又来了个该死的蠢货。"而且，瓶装啤酒的瓶子应该是棕色的。在这一点上美乐也犯了错，他们开始把酒灌在白色瓶子里。啤酒不仅应该避开金属，还需要避光。

当然，如果你有钱，最好是能上一个级别，买那些更贵

1　美乐啤酒（Miller Brewing）是美国第二大啤酒品牌，成立于 1855 年，从美国的密尔沃基开始，销售网遍及全球 100 多个国家和地区。
2　施丽兹啤酒（Schlitz Brewing, 1849—1982）曾是美国密尔沃基工业酿酒巨头之一，被誉为"使密尔沃基闻名于世的啤酒品牌"。它是美国国家酿造业的重要创新者，也是 20 世纪大部分时间里美国最大的酿造厂。1981 年，施丽兹公司与工人谈判破裂，董事会关闭密尔沃基工厂，并于 1982 年出售给 Stroh Brewing 公司。

的啤酒——进口的或是质量更高的美国国产啤酒。不要再买那些1美元35美分的，得是1美元75美分或者2美元15美分或者更贵的。你立刻就能辨别出味道上的不同。而且你可以喝得更多，宿醉感却更少。大多数美国本土啤酒几乎都有毒，尤其是赌马场里卖的那些货色。那些啤酒真的会散发出一股臭味，我是说，刺鼻的气味。如果你非得在赌马场买啤酒，最好是静置五分钟后再喝。氧气里的什么东西会进入啤酒，从而减少那股气味。那些货色完全是生啤。

"二战"之前的啤酒要比现在好很多。它们有种浓烈的独特味道，而且里面充满了强烈的小气泡。如今它们都被冲淡了，完全没有气泡。你只能尽力适应它。

啤酒比威士忌更适合搭配写作和谈话。边喝边可以说得更多，搬出更多理据。当然，很大程度上仍旧取决于写作者或谈话者本身。总之，啤酒能带来充实、丰富之感，同时它会让你的性冲动减弱，我是说，不仅在你喝酒当天，而且次日也同样如此。在35岁之后，大量饮酒和激情性爱很少会相伴而至。我觉得最好的解药是一瓶上好的冰镇红酒，你得在餐后慢慢品尝，或许餐前也可来一小杯。

重度饮酒是友谊和陪伴的替代品，它也是自杀的替代品。它是一种退而求其次的生活道路。我讨厌酒鬼，但我承认自己确实会时不时地喝两杯。阿门。

醉汉
酒精 · 布考斯基
醉汉

我扶着桌沿儿
我的肚子在腰带上面
晃荡

我盯着灯罩
烟雾逐渐散去
在北好莱坞的
上空

男孩们放下了手中的步枪
高举起绿鱼啤酒

我从沙发上向前栽下身子
亲吻地毯上的毛就像亲吻女人的
毛

很长时间以来
最近的一次。

摘自《老诗人生活手记》

　　绝大多数诗人都不擅长朗读。他们总是太自负或者太愚蠢。他们朗读的音量不是太低就是太高。而且，当然，他们大多数诗都写得很差。但听众很少注意到这些。他们对名人是仰视的状态。他们在错误的时间发笑，并因为错误的原因喜欢错误的诗人。但糟糕的诗人会培养出糟糕的听众；死亡会带来更多死亡。我早期的很多次朗读，不得不在喝醉的状态下完成。我会感到害怕，这是当然，害怕为他们朗读，但更强烈的是恶心感。在一些大学里朗读时，我径直打开酒瓶一边喝一边读。效果似乎还不错——我得到了足够的掌声，几乎不再因朗读而感到痛苦，但他们似乎就此不再邀请我去了。我仅有的两次被重复邀请去同一个地方朗读，都是在我没喝酒的情况下。他们对诗歌的理解只能到此为止。不过，时不时地，当一切都恰到好处，一名诗人在朗读时的确能遇见神奇的听众。我无法解释那是怎么回事。那是种很奇怪的感受——就好像，诗人成了听众而听众变成了诗人。一切都变得顺其自然。

　　当然了，朗读之后的聚会会带来很多欢愉或者灾难。我记得一次朗读会之后，他们只有一间位于女生宿舍楼里的屋子留给我住，于是我们就在那里聚会，来了一些教授和几名学生，他们离开时我还有一点儿威士忌和一口活气，于是我盯着天花板喝那些剩下的酒。然后我意识到，我终究是那个脏老头，于是我从屋里出来四处敲门想要进入她们的寝室。那天我不太走运。女孩们对我够和蔼的，她们只是笑着。我一间又一间地敲门想要进去。很快我就走丢了，找不到自己的屋子。我感到惊慌。走丢在一栋女生宿舍楼里！我感觉花了几个小时才找回到自己屋里。参加朗读会带来的类似这样的历险，在我看来可能是其中最有趣的部分，它们让这件事不再只是为了糊口。

有一次来机场接我的司机竟然喝醉了。我自己当时也不完全清醒。在路上，我为他读一位女士写给我的色情诗。外面下着雪，路很滑。当我读到最色情的那一行时，我的司机朋友说，"哦，我的老天！"然后他失去了对车的控制，于是我们在路上转啊转啊转，我们一边旋转我一边对他喊道，"这回完了，安德烈，这回我们可完蛋了！"我刚想举起手里的酒瓶来上一口，我们的车就冲进了一个排水沟，动弹不得。安德烈从沟里爬上去，竖起拇指想搭顺风车；我仗着自己年纪大，继续坐在车里喝我的酒。猜猜后来是谁让我们搭了车？另一个醉汉。我们喝了足有六箱啤酒，酒瓶乱扔在车内地板上，还喝了一瓶五分之一加仑威士忌。那天的朗读会可真叫人记忆深刻。

还有一次，在密歇根州的什么地方，我放下手中的诗，问在场的人有没有谁想掰手腕。在400名学生的围观下，我走下台去终于找来一名男生，于是我们开始比赛。我打败了他，然后我们全都去了外面一家酒吧喝得大醉（在那之前我刚去医院做过检查）。我觉得自己不会再去做这样的事了。

　　当然，也有些时候你会在某个年轻女士的床上与她一同醒来，你意识到自己被诗歌占了便宜，或者自己占了诗歌的便宜。我认为在一名年轻女士面前，一个诗人并不比一个汽车修理工拥有更多权利，甚至很可能更少。诗人就是这样被娇纵的：人们对他施以特殊的待遇或者他自认为很特殊。当然，作为诗人，我的确是特殊的，但这并不意味着其他诗人也同样特殊……

我的房东太太和房东先生

56 岁的她，倾身

向前

在厨房里

凌晨

2 点 25 分

相同的红色

毛衣

肘部

有破洞

她在做饭给他

吃

他那张

相同的

红脸

对我说

　　三年前

　　我们在打架时毁掉了一棵

树

那是在我被他抓住之后因为我

亲了

她。

整瓶的

啤酒

我们喝着

整瓶

难喝的

啤酒

她从床上起来

然后

开始

在锅里炸

什么东西

整个晚上

我们唱着歌

从公元 1925

到

公元 1939

的歌

我们聊着
短裙
凯迪拉克以及
共和党政府
经济大萧条
税收
赛马
俄克拉何马

吃吧
你这个混蛋
她说。

喝醉的我
倾身向前
吃了起来。

百叶窗帘

为了图清净，我从纽约搬到了费城。我在一间寄宿公寓交了一星期的房租，然后走到街上去找最近的酒吧。半个街区的距离。我走进去坐下。那是城里较穷的一块地方，那家酒吧足有五十年历史了。你能在里面闻到半个世纪以来从厕所飘散到酒吧各个角落的屎尿味。

我点了一杯生啤。店里的每个人都在说话，叫嚷声此起彼伏。它既不像洛杉矶的酒吧，也不像旧金山的酒吧或纽约的酒吧或新奥尔良的酒吧或我去过的任何一个城市里的酒吧。

时间是下午 4 点 30 分。有两个家伙在屋子中间打架。其他人都对他们熟视无睹，继续聊天喝酒。坐在我右侧的伙计名叫丹尼，坐在左边的叫吉姆。一只酒瓶在空中翻转着飞过，差一点击中丹尼的鼻子。它紧贴他的香烟飞过时，他咧嘴一笑。接着他在椅子上转过身去，冲其中一个打架的人说：

"差一点就打到我了，你这个杂种！再敢这么扔，我真会跟你打上一架！"

然后他转回身来。

几乎每把椅子上都坐着人。我心里纳闷他们都是从哪儿来的，所有这些人，他们怎么会到了这里？吉姆更安静，也年长一些，他的脸红得厉害，身上有种经历了数千次宿醉而累积下来的淡淡的疲惫。这是一家属于迷失的和被诅咒的人的酒吧，至少在我的经验中它是这样的。

店里也有些女人：有一个一边喝一边显得很讨厌喝酒的女同性恋，有几名家庭主妇，肥胖、欢乐而有点蠢，还有两三个女士似乎是从原来的好日子沦落至此，显得有点儿格格不入。我坐下之后，有个女孩站起身跟着一个男人离开。五分钟之后她又回来了。

"海伦！海伦！你是怎么做到的？"

她只是笑了笑。

又有个人跳上前去，想约她走。

"她一定很不错。我也得试试！"

五分钟后，海伦又回来了，继续坐在她的酒前。

"她那下面一定装着一只抽吸泵！"

他们都笑了。海伦也笑了。

"我自己也得去试试，"酒吧尽头有个老男人说道，"我上一次勃起时，泰迪·罗斯福[1]才刚登上他的最后一座山峰呐。"

这回海伦用了十分钟。

"我想要个三明治，"有个家伙说。"谁愿意跑腿去帮我买个三明治？"

1　西奥多·罗斯福（Theodore Roosevelt，1858—1919），通常被称为"老罗斯福"，昵称泰迪（Teddy），美国军事家、政治家、外交家，第26任美国总统，系第32任美国总统富兰克林·罗斯福（1882—1945）的远房叔叔。

"让我来，"我说着走上前。

"很好，"他说，"我要一个小圆面包夹烤牛肉，所有配菜都要。你知道亨德里克三明治在哪里吗？"

"不知道。"

"往西走一个街区，然后过马路。很好找的。"

他把钱递给我。"不用找零了。"

我走到亨德里克三明治店。柜台后面站着一个肚子硕大无比的老人。"小圆面包夹烤牛肉，配菜全都要，打包给一个在夏基酒吧的醉汉。还要一杯啤酒，给我这个醉汉。"

"我们没有生啤。"

"瓶装的也行。"

我喝完啤酒，将三明治带回酒吧坐了下来。我面前出现一杯威士忌。我点头致谢，然后干了它。点唱机里在放音乐。

一个大约 22 岁的年轻人从吧台后面走过来，他不是酒保。

"我需要把这里的百叶窗帘擦洗一遍。"

"它们的确需要清洗了。我从没见过这么脏的帘子。"

"女孩们用它擦拭下体。不仅如此，百叶窗里的那些板条也丢了五六个。"

"很可能还会丢更多，"我说。

"毫无疑问。你是做什么的？"

"给人跑腿买三明治的。"

"愿意帮我洗窗帘吗？"

"多少钱？"

"五美元。"

"成交。"

比利男孩（那是他的名字——他娶了这家酒吧的女主人，一个大约 45 岁的女士，然后他就接管了生意）给我拿来两只水桶、一些肥皂水、几条破抹布和一些海绵，我取下其中两套百叶窗帘，将它们铺开便擦洗起来。

"你可以免费喝酒，"值晚班的酒保汤米对我说，"只要你在这里干活。"

"来一杯威士忌，汤米。"

我走到吧台前，喝干了酒，又走回水桶边。这活儿干起来很慢，灰尘已经在窗帘上结成坚固的污垢。我好几次划破了手指，当我把它们浸入肥皂水，手上感到灼烧似的刺痛。

"来一杯威士忌，汤米。"

我总算擦洗完了一套百叶窗帘，将它挂了回去。店里的顾客们转过来赞赏地看着我的工作成果。

"天啊，真漂亮。"

"它的确让这地方看起来干净多了。"

"他们恐怕要给酒涨价了。"

"来一杯威士忌，汤米。"

我在吧台前喝干它，然后转身去擦洗下一套窗帘。我将它们取下，取出里面的板条，将它们摊开在桌面上。我和吉姆玩了一把弹球游戏，击败了他，赢了二十五美分，然后我去厕所倒掉桶里的水，又盛满干净水。点唱机里在继续播放音乐。

第二套窗帘洗得慢多了。我开始更频繁地划破自己的手指。顾客们不再跟我逗乐。剩下的就只是干活，其中的乐趣不再。我怀疑这些窗帘有十年都没清洗过。我是个英雄——五美元的英雄，但是没人感激我。我又通过弹球游戏赢了二十五美分，然后比利男孩喊叫着让我回去干活。我又走回那些百叶窗帘旁边。海伦从我身边走过。我叫住她。她正准备去女厕所。

"海伦，我干完这些会得到五美元。够吗？"

"当然够，但你喝了那么多酒，怕是不行了。"

"宝贝，等你见到它的时候，就知道什么是真正的男人了。"

她笑了。"我会一直待到打烊。如果那时你还能行，我可以给你免费。"

"我会高高耸立，宝贝！"

海伦又笑了，然后走向女厕所。

"来一杯威士忌，汤米。"

"嘿，慢点喝，"比利男孩说，"否则你今晚是干不完那些活儿了。"

"比利，如果我没干完，你就留着那五美元。"

"成交，"比利说道。"你们大家都听见了吧？他必须得在打烊前洗完那些窗帘，否则我就不付他工钱。"

"我们听见了，比利，你这吝啬鬼。"

"我们听见了，比利。"

"最后一杯，汤米。"

汤米又给了我一杯威士忌，我喝干它，又走回窗帘旁边。

我开始感到一股愠怒。大家都坐在楼下喝酒、欢笑，而我却在这里清理百叶窗帘上的污垢。但我需要那五美元。一共有三扇窗户。不知喝了多少杯酒之后，我终于把亮闪闪的窗帘全部挂回那三扇窗户上。

我走到吧台前，又喝了一杯威士忌然后说，"好了，比利，给我钱吧。我干完活了。"

"你还没干完，汉克[1]。"

"怎么？"

"里屋还有三扇窗户。"

"里屋？"

"里屋。派对屋。"

我跟着他走进里屋。那里还有另外三扇窗户。

"但是，比利，从来都没人来这里。"

"哦，有人来，有时我们会用这间屋子。"

"我就拿 2.5 美元好了，比利。"

"不，你得把它们都擦完，否则就不付你钱。"

我走回去，拎起我的水桶，倒掉了脏水，换上干净水，放入肥皂，取下一套窗帘。里屋什么人也没有。我将窗帘拆成一条条的摆在桌面上，看着它们。我又去吧台要威士忌，我把它端进里屋，坐了下来。我失去了干活的动力。

1　汉克·柴纳斯基（Hank Chinaski）是查尔斯·布考斯基为自己取的笔名。

吉姆去厕所时经过这里，站住了。

"出什么事了？"

"我干不完了，吉姆。我一套窗帘也洗不动了。"

"等一下。"

吉姆从厕所出来后，他走到吧台然后带着他的啤酒回来了。他开始清洗那些窗帘。

"没关系的，吉姆，算了吧。"

吉姆没有回答我。我又去吧台要来一杯威士忌。当我走回里屋，我看见之前在喝酒的一个老妇正在从另一扇窗户上拆下那些窗帘。

"小心别割伤你的手指，"我一边说一边坐下。

几分钟内，一共有四五个人来到里屋，男人和女人都在一边擦洗窗帘一边说说笑笑。很快，整个酒吧里的人们都来到里屋，海伦也来了。似乎一共也没花多长时间。我只是再多喝了两杯威士忌。窗帘都被清洗完毕。比利男孩来了。

"我不会付你钱，"他说。

"见鬼，活儿已经干完了。"

"但不是你干的。"

"别这么小气，比利。"有人说道。

"好吧。可是他喝了足有二十杯威士忌。"

比利掏出那五美元，我收下了它，然后我们全都回到了吧台那边。

"听我说，"我宣布道，"给每人上一杯酒！包括我自己。"

我把那五美元摆在吧台上。

汤米来来回回地给每个人倒酒。有人向我点点头，有人说谢谢。

我说，"也谢谢你们。"

我喝干了我的酒，汤米拿走了我的五美元。

"现在你欠酒吧三美元十五美分，"他说。

"记在我账上。"

"好吧，你的名字是？"

"柴纳斯基。"

"柴纳斯基。你听说过那个波兰人的故……"

"我听说过。"

我不停地喝酒直到打烊。喝最后一杯时我四处看了看，已经是凌晨2点，酒吧要关门了。海伦已经走了。海伦溜了。海伦骗了我。跟那些婊子一个样，我想，害怕跟我在一起的漫长夜晚……

我起身，走回我的寄宿公寓。那段路很短，月光明亮。我的脚步声发出回响，听起来几乎像是有人在跟踪我。我四处看看，并没有什么人。我孤身一人。

脏老头手记

就是这些杀死了迪伦·托马斯[1]。

我和我的女朋友、音效师、摄影师还有制片人一起登上飞机。摄影机正在拍摄。音效师为我和女朋友装了小型麦克风。我要去旧金山开一场诗歌朗诵会。我是亨利·柴纳斯基，诗人。我思想深邃，我著作宏伟。扯淡。

第15频道要制作一部关于我的纪录片。我穿着干净的新衬衫，我的女朋友充满活力，魅力四射，刚过三十岁。她会雕刻、写作，做爱的功夫了得。摄像机镜头向我脸上戳过来。我假装它并不存在。乘客们都在看我，乘务员满面笑容，下面的土地是从印第安人那里偷来的，汤姆·米克斯[2]已经死了，

1　迪伦·托马斯（Dylan Thomas，1914—1953），威尔士诗人。1950—1953年间三度前往美国，为公众朗诵诗歌，并结识了艾伦·金斯堡（Allen Ginsberg）等一群美国"垮掉的一代"诗人。1953年，他因饮酒过量在纽约去世。有趣的是，美国摇滚巨星鲍勃·迪伦（Bob Dylan）正是因为对大洋彼岸的迪伦·托马斯的崇拜，将自己的姓氏改为迪伦。

2　托马斯·埃德温·米克斯（Thomas Edwin Mix，1880—1940），美国电影演员，是1909年至1935年间许多美国早期西部电影中的明星。他一生共出演了291部电影，其中仅有9部不是无声电影。米克斯是好莱坞的第一位西部明星，他的表演在一定程度上定义了早期电影的类型。

而我吃了顿不错的早餐。

但我禁不住回想起那些年在孤独的房间里，来敲门的只有催我交拖欠的租金的房东太太，还有FBI。与我同住的是老鼠和酒，我的血在墙上爬行，在一个我当时无法理解现在仍然无法理解的世界里。和他们不同是，他们是在生活，我是在挨饿；我跑进自己的意识，藏起来。我扯下所有的窗帘，盯着屋顶。当我走出房间，是去酒吧里讨酒喝，当跑腿伙计，在小巷里被吃饱喝足无忧无虑的人们胖揍，被迟钝地过着好日子的人揍。好吧，我也打赢过一些架，但那只因为我是个疯子。我很多年都没有女人，我靠花生酱、馊面包和水煮土豆度日。我是人们眼中的蠢货、傻瓜、白痴。我想写作，可打字机总是被押在典当行里。于是我放弃了，接着喝酒……

飞机起飞了，摄影机继续拍摄。女朋友和我聊天。她们端来了酒。我拥有诗，还有个绝妙的女人。生活开始向好的方向发展。但这是圈套，柴纳斯基，小心这些圈套。你斗争了很久才用你希望的方式写下那些文字。别叫一点奉承和一部电影就让你站错了位置。还记得杰弗森怎么说吗？——再强大的人也会落入圈套，比如当上帝来到人世。

好了，你不是上帝，柴纳斯基，放轻松然后再来一杯酒。你大概得对那个音效师说点什么深刻的见解，不，还是让他接着流汗吧。让他们一起流汗。是他们在烧钱拍电影。看看窗外的云，算算它的尺寸。与你同飞的可是来自IBM公司、德士古[1]或其他什么大公司的高级执行官。

与你同飞的是你的敌人。

在下飞机的升降梯上，有人问我："这些摄像机在做什么？发生什么事了？"

"我是个诗人，"我告诉他。"诗人？"他问，"你叫什么名字？"

"加西亚·洛尔迦[2]，"我回答……

旧金山北滩的确很不一样。他们都很年轻，他们穿着牛仔裤，四处空等着。我老了。那些20岁的年轻人在哪儿？摇摆乔[3]在哪儿？诸如此类。好吧，我30年前来过旧金山，但那时我避开了北滩。如今我走在这里，看见我的脸出现在海报上。小心点，老男人，吸血已经开始。他们想要你的血。

女朋友和我与马里奥内蒂一起散步。没错，我们在这样的地方，跟马里奥内蒂一起散步。与马里奥内蒂在一起让人很享受，他有一双极其温柔的眼睛，女孩们会在大街上拦住

1　美国德士古公司（Texaco），美国大型石油公司之一，又称得克萨斯石油公司。

2　费德里科·加西亚·洛尔迦（Federico García Lorca，1898—1936），20世纪最伟大的西班牙诗人，"27年一代"的代表人物。

3　约瑟夫·保罗·迪马吉奥（Joseph Paul DiMaggio，1914—1999），昵称为"摇摆乔"（Joltin' Joe）和"洋基快船"，美国棒球明星，曾在美国职棒大联盟纽约洋基队效力13年，被公认为有史以来最伟大的棒球运动员之一，尤以至今保持的56连胜纪录而闻名。

他，和他聊天。现在，我想，我可以留在旧金山……但我不会上当；属于我的位置是洛杉矶，是那个前窗上挺着机关枪的法庭。也许他们确实圈住了上帝，但柴纳斯基寻求建议的对象不是上帝而是魔鬼。

马里奥内蒂离开了，我们找到一家"垮掉的一代咖啡店"。我从没来过"垮掉的一代咖啡店"。这回我进了一家"垮掉的一代咖啡店"。女朋友和我要了最贵的咖啡——60美分一杯，真是意义重大。可它的味道并不值这个价。那些孩子坐在里面一边小口抿着咖啡一边等着发生些什么。可什么也不会发生。

我们穿过马路，来到一家意大利咖啡店。马里奥内蒂回来了，还带来了那个写《旧金山编年史》的家伙，他曾在专栏里说我是自海明威之后最优秀的短篇小说作家。我对他说他错了；我不知道谁是海明威之后最棒的，但绝不是亨利·柴纳斯基。我太过粗心和淡漠。我不够努力。我感到疲倦。

红酒上来了。劣质红酒。女店员端来了汤、沙拉，还有一碗意大利方形饺。接着又是一瓶劣质红酒。我们已经饱得吃不下主菜，聊得很散漫。我们没有强迫自己非要显得才华横溢。也许我们原本就没什么才华。我们吃完饭就离开了。

我跟在他们身后向小山上走，跟我的漂亮女朋友走在一起。我开始呕吐。劣质红酒。沙拉。汤。方形饺。我每次朗诵会之前都会呕吐。这是个好兆头。我快要进入状态了。我一边走上山坡一边感到肠胃里在翻滚。

他们把我们送进房间，留给我们几瓶啤酒。我瞥了一眼我的诗。我感到害怕。我朝水槽里呕吐，我朝马桶里呕吐，我朝地上呕吐。我准备好了。

自叶甫图申科[1]之后，最大的读者群……我走上舞台。了不起的高人。高人柴纳斯基。我身后有一个冰箱，里面放满了啤酒。我伸手取出一瓶。坐下，开始读诗。他们每人交2美元进来的。真是一群好人，他们。有些人从一开始就颇有敌意。大约有三分之一的人恨我，三分之一的人爱我，剩下的三分之一压根不知道这是怎么回事。我知道有些我要读的诗会增加他们的恨意。有敌对人士在场是件好事，这让我头脑放松。

"能否请劳拉·戴伊站起来？请我的爱人站起来？"

她站起来，挥挥她的手臂。

我开始将注意力集中在啤酒上，而不太在意那些诗。我会在朗读的间隙闲谈几句，喝干啤酒，说些陈词滥调。我是H.鲍嘉[2]。我是海明威。我是个高人。

"快念诗，柴纳斯基！"他们喊道。

他们是对的，你知道。我试着继续专注于诗。很多时候

1　叶夫根尼·亚历山德罗维奇·叶甫图申科（Yevgeny Aleksandrovich Yevtushenko，1932—2017），苏联和俄罗斯诗人，同时也是小说家、散文家、戏剧家、编剧、出版商、编辑，以及多部电影的演员和导演。
2　亨弗莱·鲍嘉（Humphrey Bogart，1899—1957），美国男演员，曾主演《卡萨布兰卡》等电影，1999年被美国电影学会选为"百年来最伟大的男演员"第1位。

我意识到自己正坐在一个电冰箱门边。朗读这项工作因此变得更容易了，而且他们已经付了钱。据说约翰·凯奇[1]有一次上台表演，他吃了一个苹果，然后走下台，得到了一千美元作为报酬。我想我得到的是几瓶啤酒。

好了，朗读结束了。他们围上来，签名。有人从俄勒冈、洛杉矶、华盛顿赶过来，也有漂亮的年轻姑娘。就是这些人杀死了迪伦·托马斯。

我们回到楼上的房间，我和劳拉、乔·克里希亚克[2]一起喝啤酒聊天。他们在楼下使劲敲门。"柴纳斯基！柴纳斯基！"乔下楼去应付他们。我成了摇滚明星。最后我也走下楼去，放其中几个进了门。我认识其中一些人，挨饿的诗人，小杂志社的编辑。有些我不认识的也进来了。好了，好了——快把门锁上！

我们喝酒。喝酒。喝酒。埃尔·马桑蒂奇在浴室里摔了一跤，头顶破了个洞。很好的诗人，我是说埃尔。好吧，每个人都在不停说话。又是一场满地鸡毛的啤酒烂醉。这时一个小杂志社的编辑开始揍一名服务员。我不喜欢这样。我试着把他们分开。有一扇窗户被打碎了。我把所有人都赶去了

1　约翰·米尔顿·凯奇（John Milton Cage Jr., 1912—1992），美国作曲家、音乐理论家、艺术家和哲学家。凯奇是音乐不确定性、电声音乐和非标准使用乐器的先驱，是战后先锋派的主要人物之一。

2　乔·克里希亚克（Joe Krysiak），设计师，曾为布考斯基设计诗歌朗诵专辑。

楼下，除了劳拉。聚会结束。不，还没完全结束。劳拉和我这才开始。我的爱人和我才刚开始呢。她的情绪上来了，我也是如此。但像往常一样，我们无果而终。我叫她出去。她照做了。

几小时之后我醒过来，看见她站在房间中央。我跳下床对她破口大骂。她毫不示弱。

"我要杀了你，你这个狗娘养的！"

我喝醉了。她坐在我身上，在厨房地板上。我的脸流着血。她在我胳膊上咬了一个洞。我不想死。我不想死！该死的激情！我跑到橱柜边，将半瓶碘酒倒在胳膊上。她正把我的短裤和衬衫从她的箱子里扔出来，并拿起她的机票。她要再次离我而去了。我们要再次永远地结束了。我躺回床上，听见她的高跟鞋走下山坡。

在回去的飞机上，摄像机又在拍摄。那些第 15 频道的家伙就要弄明白生活是怎么回事了。镜头对准我胳膊上的洞，来了个特写。我手里端着一杯双份烈酒。

"先生们，"我说，"和女性和平共处是不可能的。根本就没这个可能。"

他们都赞同地点头。音效师点了头，摄影师点了头，制片人点了头。乘客中也有人点了头。我一路狂饮，按他们的说法——尽情品味着我的伤心。一个诗人没了痛苦可怎么办？他需要痛苦，就像需要打字机一样。

没错，我当然也去了机场酒吧。不管怎么着我都会去的。

摄像机跟着我进了酒吧。酒吧里的伙计们四处张望，举着酒杯，聊着跟女人共处有多不可能。

我从朗诵会拿到的报酬是四百美元。

"那台摄像机是干什么的？"我旁边的家伙问道。

"我是个诗人，"我告诉他。

"诗人？"他问。"你叫什么名字？"

"迪伦·托马斯，"我说。

我举起我的酒，一口喝干，目视前方，我上路了。

再来一首关于酒鬼的诗，然后我就放你走

"哥们儿，"他坐在台阶上，对我说，
"你的车显然需要洗洗了，再上点蜡，
给我 5 美元，我就替你干了这活儿。
我这里有蜡，有抹布，需要的工具我
都有。"

我给了他 5 美元然后就上了楼，
当我四个小时后走下楼时
他坐在台阶上喝得烂醉
他分给我一罐啤酒。

HE OFFERED ME A BEER.

他说第二天
会帮我洗车。

第二天他又喝醉了，然后
我借给他一美元好让他去买瓶
红酒，他的名字叫麦克，
是个"二战"老兵。
他的妻子是一名护士。

再下一天我来到楼下，他正坐在
台阶上，对我说，
"你知道，我一直坐在这里观察你的车
盘算着该如何清洗它。
我想给它来一次彻彻底底的清洗。"

再下一天麦克说看起来就要下雨了
在天马上就要下雨的时候洗车并且给车身打蜡
显然没一丁点儿道理。

再下一天仍然看起来快要下雨。
再下一天也一样。
然后我就没再见到他。
过了一个星期我见到了他的妻子，她说，
"他们把麦克带去了医院，

WAS DRINKING WITH HIS WIFE
WHEN THE PHONE RANG.

他整个人都肿起来了，他们说是因为

过度饮酒。"

"听着，"我对她说，"他说他会给我的车打蜡，

所以我给了他 5 美元好让他给我的车

打蜡……"

电话响起时

我正坐在他们的厨房里

跟他的妻子喝酒。

她把听筒递给我。

是麦克。"听着，"他说，"快来接我

回去。我受够了这个
地方。"

我到医院时
他们不愿把他的衣服还给他
于是麦克跟我走向电梯时还穿着
病号服。
我们上了电梯，电梯员是一个孩子
他一边操作一边吃一根冰棒。
"穿病号服的人不准离开这里，"
他说。
"你只是操作这玩意儿的，孩子。"我说，
"病号服的问题就留给我们处理吧。"

我停在一间贩酒店，买来两箱六盒装
然后我们回到家。我和麦克还有他的妻子一直喝到
夜晚 11 点钟
然后我上楼回家……

"麦克呢？"三天后我问
他妻子。

"麦克死了，"她说，"他离开我了。"

"我很抱歉，"我说。"我非常抱歉。"

那之后的一个星期都在下雨而我在想
唯一能值回那 5 美元的办法
就是和他妻子上床
但你知道
她没过几天就
搬走了
然后一位长着白头发的老男人
搬进了他们的房子。
他一只眼睛是瞎的
喜欢吹圆号。
我绝不可能从他那里
得到什么。

我只能自己洗车、自己给车打蜡了。

以爱和艺术之名

我坐在打字机前

等着醉意来临

我的雕塑艺术家女朋友

想要雕一个我

裸身喝醉的样子

手里握着酒瓶

啤酒肚，下垂的蛋

朝着地毯垂下去

然后再

举起。

你瞧，

我感到荣幸。

有一天我会死去

他们会盯着这个黏土做成的东西

（她说她要把它雕成大约

八分之五的尺寸）

我会坐在那里

握着我的酒瓶：

醉酒者

罗丹创作了《思想者》，

这回我们有了《醉酒者》。

她走过来，举着宝丽来相机
趁我喝得够醉
拍几张特写。
我一直在对她说，
你知道的，我为你而活，
我应该写一首关于此的歌曲。

但她不相信我。
但她应该相信我。
我坐在这
喝这些威士忌和啤酒。
我不知道我需要喝醉多少次
才能让她雕出不朽的
艺术。可能需要很长时间
才能完成这件雕刻，我非常希望它
会是件真正的艺术品。

我希望我做出的这些牺牲
能被长久记住。
我举起又一杯酒，强把它
灌进喉咙。
老天，我是如此深爱那个女人！
她可最好把我的身体雕得活灵活现。

醉鬼牢房法官

醉鬼牢房法官
迟到了，就像所有其他
法官一样，他
很年轻
营养充足
很有教养
被娇惯宠爱的家伙
来自一个体面的
家庭。

我们醉鬼们掐灭我们的烟，等待他的
仁慈。

那些没办法申请保释的
先被审判。"有罪，"他们说，他们都这样说，
"有罪。"
"7天。""14天。""拘留14天然后你会被
放去荣誉农场。""4天。""7天。"
"14天。"

"法官，这些家伙在那儿把一个人
痛打了一顿。"

"请带下一个被告上来。"
"7天。""14天，然后你会被送到
荣誉农场。"

醉鬼牢房法官很
年轻而且
营养充分。他
吃了太多饭。他很
胖。

接下来是申请保释的
醉鬼。他们让我们排着长队，
他审判我们的速度
很快。"2天或者40美元。""2天或者40
美元。""2天或者40美元。""2天或者
40美元。"

我们一共35或
40人。
法庭坐落在圣费尔南多路上的
废品堆积场旁边。

我们走向执行官，他
告诉我们，
"你的保释通过了。"

"什么？"

"你的保释通过了。"

保释金是 50 美元。法庭收取手续费
十美元。

我们走出法庭，坐进我们的
老破车。
很多醉鬼的车看起来比
废车场里的车
更破旧。我们当中还有些人
根本没有
汽车。我们绝大多数是
墨西哥人和穷白人。
火车站就在马路
对面。太阳正当空，
阳光灿烂。

法官有着非常
平滑细嫩的
皮肤。法官有着
肥胖的
双颊。

我们走出来然后驾车离开
法庭。

正义。

有的人永远不会发疯

有的人永远不会发疯。

我，有时我会躺在长沙发后面

一连三四天。

他们会在那里找到我。

真是个天使宝宝，他们会说，然后

把葡萄酒灌进我的喉咙，

揉搓我的前胸，

在我身上撒油。

然后我会大吼着坐起来，

咆哮，暴怒——痛骂

他们以及整个宇宙，

并把他们扔到屋外的草坪上，

散落得到处都是。

这时我会感觉好多了，

坐下来吃点吐司和鸡蛋，

再哼点儿小曲，

突然间变得像一头被过度喂食的

粉红色

鲸鱼[1]一样可爱。

有的人永远不会发疯。
他们过的生活
一定可怕至极。

1　在英语世界里，粉红色鲸鱼预示着生活中有甜美的事情将要发生；灰色鲸鱼代表人对生活中渴望了解或理解的事物的困惑。

脏老头手记

我们两人都戴着手铐。两侧的警察带我们走下楼梯，让我们坐进后座。我手上的血流到坐垫上，但他们好像并不在乎那些坐垫。

那孩子名叫阿尔伯特，阿尔伯特坐在那里说，"老天，你们的意思是要把我关进一个没有糖果、香烟和啤酒的地方，还不能听录音机？"

"别再哭鼻子了，行吗？"我对他说。

我大概有六年或八年没进过醉鬼监禁室了。该轮到我了，早就该轮到我了。这就像开了那么久的车而没吃过罚单——只要你开车，他们就总会抓到你，只要你喝酒，他们也总会抓到你。在我身上，醉鬼监禁室之旅对阵开车吃罚单的总比分是 18 比 7。这证明比起做酒鬼，我倒是个不错的司机。

我们被带到市立监狱，阿尔伯特和我在登记处就分开了。登记流程没怎么变，只是医生问我的手是如何划伤的。

"一位女士把我锁在了屋外，"我回答说，"所以我砸破门闯了进去，是一扇玻璃门。"

医生在划伤最严重的位置贴了块创可贴，然后我就被带进了牢房。

还是跟以前一样。没有床铺。三十五个男人躺在地板上。墙边有几个小便池和几个马桶。如此之类的。

大多数犯人都是墨西哥人，大多数墨西哥人都在 40 到 68 岁之间。有两个黑人。没有中国人。我从没在醉鬼监禁室

A guy was asleep with his head against the urinal.

里见过中国人。阿尔伯特在一边的角落里不停地说话，但没有人在听他，或者也许有人在听，因为隔一会儿就会有人说，"看在上帝的分上，闭嘴吧伙计！"

我是唯一站着的人。我走到一个小便池旁。有个家伙正将头靠在小便池上睡觉。所有人都围在小便池和马桶附近，并未使用它们但把周围挤得满满当当。我不想踩到他们，所以我叫醒了那个在小便池旁睡觉的家伙。

"听着，伙计，我想要尿尿，可你的头正好靠在小便池上。"

你永远不知道这样的对话什么时候就会引发一场斗殴，所以我谨慎地盯着他。他挪开了，于是我尿了尿。然后我走到距离阿尔伯特三英尺的位置。

"你有烟吗，孩子？"

那孩子有烟。他从烟盒里拿出一支，朝我扔了过来。它掉在地上滚了几下，我把它捡起来。

"谁身上有火柴？"我问。

"这儿有。"说话的是个贫民窟白人。我接过他的火柴，点了烟，然后将火柴还给他。

"你的朋友是怎么回事？"他问我。

"他只是个孩子。一切对他来说都很新鲜。"

"你最好让他安静下来，否则我会忍不住给他一拳，所以帮帮忙吧，我没法忍受他这么喋喋不休。"

我走到男孩那去，在他旁边跪下来。

"阿尔伯特，歇歇吧。我不知道今晚你在遇见我之前都经

THE SHADOW BOXER.   BUK

历了什么狗屎，但你现在说的都不成句子，没人听得懂你在说些什么。歇歇吧。"

我走回牢房中间，四处看看。一个穿灰色裤子的大块头侧躺着。他的裤子被从下面撕得稀碎，直到胯关节的位置，他的内裤露了出来。他们收走了我们的腰带，所以我们的裤子都没法提起来。

牢门打开，一个大约四十多岁的墨西哥人蹒跚着走进来。他那副身板，真如人们形容的那样，像一头公牛。他伤痕累累的样子更像斗牛场上的公牛。他一边走进牢房一边空挥出一套组合拳。他的拳打得真不赖。

他两边的面颊上，一直到颧骨，都有红色的新鲜伤口。他整个嘴简直就是一片血污。当他张开嘴，你能看见的全是红色。那是一张你看了就忘不掉的嘴。

他又打了几拳，看上去好像有一记重拳没打中，于是身体失去了平衡，朝后面倒了下去。在往下倒的过程中他弓起脊背，好让他背部强壮的肌肉摔向水泥地，但他没能稳住头部，只见头从脖子上弹向地面，脖子几乎起到了杠杆的作用，最后他的后脑勺重重地落在了水泥地上。先是发出巨大的撞击声，然后他的头又弹起来，最后再次落回地面。他不动了。

我走到牢房门边。警察们手拿各类文件四处走动，在忙着工作。他们都是些长得很帅气的年轻小伙子，制服都干净整洁。

"嘿，小伙子们！"我喊道。"这里有个家伙需要急救，很严重！"

他们继续四处走动，忙公务。

"听着，你们听见我说话了吗？牢房里有个家伙需要急救，很严重，真的很严重！"

他们只是四处走动，坐下，填写表格，互相交谈。我走回牢房里面。有个躺在地上的家伙冲我叫喊。

"嘿，伙计！"

我走过去。他将他的财产清单递给我，是粉色的。它们都是粉色的纸单。

"我有多少财产？"

"我很抱歉这么说，朋友，但这上面写的是'无财产'。"

我把清单递给他。

"嘿，伙计，我有多少财产？"另一个家伙问我。

我读了他的清单，将它递给他。

"你也一样，什么财产都没有。"

"什么也没有，你在说些什么！他们拿走了我的腰带。难道我的腰带不算财产吗？"

"不算，除非你能用它换酒喝。"

"你说得没错。"

"还有谁手上有烟吗？"

"你会卷烟吗？"

"当然。"

"我有材料。"

我走过去，他递给我一些烟纸和巴格勒[1]。他的烟纸都粘在了一起。

"朋友，你的烟纸全被酒泡过了。"

"没关系，卷几支给我们吧。没准儿我们能吸醉。"

我卷了两支，我们点了烟然后我回到牢房门边，站在那里吸烟。我看着他们全都无精打采地躺在牢房地板上。

"听着，先生们，我们来聊天吧，"我说。"只是躺在那可帮不上忙。谁都可以躺着。跟我说说吧。让我们一起发现点

---

1 巴格勒烟草公司（Bugler Tobacco），美国排名第一的自卷烟制造商，创立于1932年。

什么。让我听到你们的声音。"

什么声音都没有。我开始走来走去。

"你们瞧，我们每个人都在等着下一个能喝上酒的时刻。我们现在就可以试着品尝第一口酒的滋味。去他的红葡萄酒。我们要的是一杯冰啤酒，要用一杯冰啤酒来开场，用它洗去我们喉咙里的灰尘。"

"好哇，"有个人回应。

我继续走来走去。

"这年头人人都在谈论解放，这是最流行的话题，你们知道吗？"

没人回应。他们不知道解放。

"好吧，我提议，让我们解放蟑螂和酒鬼。一只蟑螂有什么错？谁能告诉我一只蟑螂究竟犯了什么错？"

"嗯……它们又臭又丑，"有人回答。

"酒鬼也是一样。是他们把那些东西卖给我们喝的，不是吗？我们喝了，然后他们就把我们扔进监狱。我无法理解。有人能理解这回事吗？"

没人回应。他们不理解这回事。

牢门开了，一名警察走进来。

"所有人都起来。我们要换个牢房。"

他们都站起身，朝门口走去。所有人都开始挪动，除了公牛。我和另外一个伙计走过去扶起公牛。我们架着他走出牢门，朝走廊深处走。警察们只是看着我们。到新牢房后，我们把公牛放在房间中央的地板上。牢门锁上了。

"正如我刚才所说……等等，我刚才说到哪儿了？是的，我们当中那些手里有钱的人，我们可以保释出狱，我们被罚款。我们交上去的那些钱是为了养活这些抓我们进来并把我们关在这里的人，那些钱是为了他们下一次还能继续逮捕我们。所以，我是说，如果你们把这些叫作正义，那就随你们说它是正义吧。要我说，这简直是在吃狗屎。"

"酗酒是一种疾病，"一个平躺在地板上的家伙说道。

"这是陈词滥调，"我说。

"什么是陈词滥调？"

"几乎所有一切都是陈词滥调。好吧，它的确是一种疾病，但我们都知道他们认识不到这一点。他们不会把得癌症的人扔进监狱，让他们躺在地板上。他们不会罚他们的款，也不会打他们。我们就是那些蟑螂。我们需要解放。我们应该去发起游行：'解放酗酒者。'"

"酗酒是一种疾病，"又是那个平躺在地板上的家伙说。

"所有的东西都是疾病，"我说，"吃饭是一种疾病，睡觉是一种疾病，性交是一种疾病，挠你的屁股也是一种疾病，你难道不明白吗？"

"你根本不知道疾病是什么，"另外一个人说。

"疾病通常是一种会传染的东西，一种一旦染上就很难戒掉的东西，一种能杀死你的东西。金钱就是一种疾病。泡澡是一种疾病，钓鱼是一种疾病，日程表是一种疾病，圣莫妮卡这座城市是一个疾病，泡泡糖也是一种疾病。"

"大头针呢？"

"没错，大头针也是。"

"什么不是疾病？"

"你瞧，"我说，"现在我们有了一个可以思考的问题。现在我们有了一件可以帮我们熬过这个夜晚的事情。"

牢门被打开了，三个警察走了进来。其中两个走过去将公牛拉了起来。他们搀着他走出牢房。这让我们的对话一度中断了。那些家伙们就只是安静地躺在那儿。

"来呀，来呀，"我说，"让我们继续。我们每个人都能很快再端起酒杯，只是有的人比另一些人更快一些。为什么不能现在就试着品尝它呢？这还没完呢。想想你们很快就能得到的第一杯酒吧。"

有的人躺在那里，想着很快就要得到的第一杯酒；另一些人躺在那里什么也没想。他们已经顺从地接受了发生在自己身上的一切。大约过了五分钟，他们将公牛带了回来。他是否得到了救助？很难看得出来。他重新躺在了地上，但这一次侧着身子。在那之后他一直没出声。

"听着，先生们，打起精神来，看在上帝的分上，或者看在我的分上。依我看，他们对待杀人犯都比对待酒鬼强。一个人要是杀了人，他会得到一间很好的牢房、一张床铺，人们会在意他。他得到的待遇就像个一等公民。因为他是真的做了件大事。而我们做的事，不过是喝干了几瓶酒。可我们得打起精神来，让我们再多干它几瓶……"

有人欢呼了一下。我笑了。

"这样好多了。向上看，向上看呀！上帝正在上面为我们

116

准备了几箱六瓶装的乐堡[1]。冰冷爽口，小小的冰气泡在酒瓶两侧闪闪发光……想想吧……"

"你快要把我们折磨死了，老兄……"

"你们会出去的，我们会出去的，只是有的人会比另一些人出去得早。我们可不会迫不及待地跑去参加匿名戒酒会，走完那十二个步骤[2]，变回一个从没喝过酒的婴儿！你们的母亲会来接你们出去的！有人还爱着你们！来猜猜吧，我们这群妈妈的好孩子当中，谁会是第一个被接出去的？这也是一个我们可以思考的问题……"

"嘿，老兄……"

"什么？"

"到我这来。"

我走过去。

"我有多少财产？"他问。他将他的财产清单递了过来，我又递给他。

"兄弟，"我说，"我很抱歉这么说……"

"什么？"

"它上面写的是'无财产'，用打字机熟练打出的'无财产'。"

1　乐堡啤酒（Tuborg）是丹麦第一款淡味型啤酒，1880 年始于哥本哈根，1970 年起隶属于世界第四大酿酒集团嘉士伯（Carlsberg）。
2　匿名戒酒会（AA Meeting，亦即 Alcoholic Anonymous Meeting）帮助酗酒者完成戒酒的计划被分为十二个步骤，始创于 1946 年。

我走回牢房中央。

"好了，听着，伙计们，我要告诉你们我打算怎么做。每个人都把自己的财产清单拿出来，把它们堆在房间中央。我给每张粉色清单出价二十五美分……我将拥有你们的灵魂……"

牢门被打开了，进来的是一个警察。

"布考斯基，"他宣布道，"亨利•C. 布考斯基。"

"回头见了伙计们。我的母亲来接我了。"

我跟着警察走出牢房。他们办理出狱手续倒是很高效。他们直接从我的钱包里抽走五十美元保释金（我本可以用这些钱在赛马场嗨上一整天），然后把剩下的还给了我，还有我的腰带。我向给我创可贴的医生道了谢，然后跟着警察走进等候室。我在登记入狱时打过两个电话。他们告诉我有人来接我。我坐了大约十分钟，然后门开了，他们告诉我可以走了。我的母亲坐在外面的长椅上。那是凯伦，和我同居的 32 岁女人。她动用全部的忍耐力好让自己不生气，可我还是看得出她很生气。我跟着她走出去。我们走到车跟前，钻进车里，发动引擎。我在手套箱里找烟。

当你刚从监狱里出来，就连市政厅看上去都那么怡人。一切看上去都很怡人。广告牌、红绿灯、停车场、公交车站里的长凳。

"那么，"凯伦说道，"我猜这回你又有的可写了。"

"哦，没错。我还给那些伙计们好好地演了一出。伙计们会想念我的。我敢打赌，现在那里面会像墓地一样……"

凯伦似乎对我说的并不感兴趣。太阳即将升起，广告牌上的女郎穿着浴袍，腰带的一端从腰间垂下，她冲我微笑着，她拍的是一款防晒霜广告。

BUK

GOD'S UP THERE WITH A COUPLE OF 6 PACKS.

摘自《一个坏蛋诗人的自白》

问题： 我发现你宁愿打上一架，也不愿去洗碗……

布考斯基： 不，老兄，我的最后一架已经是过去时。我再不会去打人了。曾经几乎每晚我都在打架。我和酒保们打架……这种事情慢慢没了新鲜感，变得没什么意思——你的眼睛四周都是伤口，你的嘴巴肿了起来，一颗牙齿也松动了……这没什么光荣的。通常情况下，你醉得没办法好好打架，而且你还饿着肚子，如此之类的……

曾有一个酒保，几乎每天晚上都要揍我。他是个强壮的小个子斗士。有一天我发了火。我跑去买来一长条面包，还有一根萨拉米香肠。我还喝了一瓶波特酒。我把那一整条面包和那根萨拉米都吃了下去——那几乎是大约一个星期以来我第一次吃到有营养的食物，而且我喝完了那瓶波特酒。我充满了力气！我的身体里终于有了食物！

于是那天夜里我们出去打架时，我变得非常强壮，我把他揍得满地找牙。那瓶酒让我头脑亢奋。我把他逼到砖墙边，我的拳头有一半时间在揍他，另一半时间在揍那些砖头。最后他们把我拉开了。

在那之前，他几乎每天晚上都在敲打我。这回当我走进酒吧，他坐在最里面，他把头放在两手之间说，"哦，我的头好疼！"他旁边还围着不少女人说："可怜的汤米，快来，我帮你在上面敷块湿毛巾！"天杀的，每次我挨揍之后，她们说的是"嘿，汉克，真是个小孩子！"他得到了特殊对待。然后我在吧台旁边坐下，另一名酒保对我说："我没办法为你服务，老兄，在你把汤米打成这样之后。"

于是我说，"搞什么鬼，他之前每天都打我！"但他说，"好吧，可那并不重要。"

一次野餐

这正好提醒我
我曾和简同居了七年
她是个酒鬼
我爱她

我父母恨她
我恨我父母
这让我们形成一个绝妙的
四人组

有一天我们去野餐
四个人一起
在山里
我们一边打牌一边喝啤酒
吃土豆沙拉和维也纳香肠

他们总算像对一个活人那样对她说话
终于

每个人都笑了
我没笑。

后来回到我的住处
喝完威士忌之后
我对她说，
我不喜欢他们
但他们对你这么友好
这很不错。

你这个该死的傻瓜，她说，
你难道没发现？

发现什么？

他们不停地看我的啤酒肚，
他们以为我
怀孕了。

哦，我说，那么为我们漂亮的孩子
干一杯吧。

为了我们漂亮的孩子，
她说。

我们一饮而尽。

18000 比 1

那是在犹他大学举行的一次朗诵会。

诗人们没酒了

于是当其中一个在上面朗诵时

我们其他五六个人

钻进车里

开到一间贩酒店

但我们出去时被堵在了路上

被所有那些要开进橄榄球场的车。

我们是唯一一辆朝反方向开的车，

他们优势巨大：18000 比 1。

我们挡住一条车道狂按喇叭。

四十辆车也向我们狂按喇叭表示回应。

警察来了。

"你瞧，警官，"我说，"我们是一群诗人，我们需要去买点酒，"

"调转你们的车头，开进体育场去，"警察说。

"听着，老兄，我们需要酒。我们不想看什么

橄榄球比赛。我们也不在乎谁会赢。我们是诗人，我们

正在犹他大学参加

水下诗歌节。"

"现在这条街上的车只能单向行驶，"警察说。

"调转你们的车头，开进体育场。"

"听着，老兄，再过十五分钟就轮到我朗诵了。

我是查尔斯·布考斯基。你一定听说过我，不是吗？"

"调转你们的车头，开进体育场。"

"妈的，"坐在驾驶位的卡姆斯特拉骂道，

接着他把车开上了路牙

我们在校园草坪上驶过

留下一英寸深的车轮印。

我当时喝醉了，所以我也记不清我们开了多久

以及如何到了那里

但突然间我们就都站在了一间贩酒店里

我们点了红酒、伏特加、啤酒、苏格兰威士忌，拿着它们离开。

我们开车回去，一路展示我们的收获。

我们回到朗诵会场，读得听众们

屁滚尿流。

我们安抚了听众，然后就离开了。

赢得那场橄榄球比赛的是加州大学洛杉矶分校

若干比若干。

摘自《为马下注：查尔斯·布考斯基访谈》

问题： 在你生命中曾有过一个停止写作长达十年的时期，为什么会这样？

布考斯基： 那大约是从 1945 年开始的。我就那么放弃了。并非因为我觉得自己是个糟糕的作家。我只是感到自己没办法突破。我带着一种恶心的感觉，将写作放在了一边。喝酒和跟女人睡觉成了我的艺术形式。在这些方面我并没有获得什么自豪的突破，但我的确积累了很多日后可以写下来的经历——尤其是在短篇小说里。但我并非为了要把它们写下来才去故意积累这些经历，因为我连打字机都丢弃了。

  我不知道。你开始喝酒；你遇到某个女人；她也想再来一瓶；然后你就进入了喝酒这件事的循环当中。其他事情都消失不见了。

问题： 是什么结束了这样的状态？

布考斯基： 我差点送了命。我被送进了县立综合医院，血从我的嘴里和屁股里喷出来。人们觉得我会死，但我最终没死。他们给我输了大量的葡萄糖，还有十到十二品脱血浆。它们就那样一直不停地输进我的身体。

等到我从那地方走出来的时候，我感到非常怪异。我感觉自己比从前更平静。我感到——用一个陈腐的说法——逍遥自在。我沿着人行道往前走，然后我看着阳光对自己说，"嘿，在你身上一定发生了些什么。"你知道，我失了很多血。也许我受了脑损伤。我就是这么想的，因为我的感觉跟之前完全不同了。我有了种平静的感觉。现在我说话很慢，我并不是一直都这样。以前的我是有点狂热的类型；我大多时候都喜欢走来走去，动起来去做事，到处喋喋不休。而当我从医院出来，我感到不同寻常的轻松。

于是我找来一台打字机，又找了个卡车驾驶员的工作。我开始在每天晚上下班后狂喝啤酒，然后打出这些诗——我告诉过你，在那之前我并不知道什么是诗，但我却开始写下这些诗歌形式的东西。在那之前我没写过几首诗，大概两三首吧，可我突然间就开始写诗了。我就这样重新开始了写作，并发现自己手上开始冒出这些诗。我开始尝试着把它们寄出去，于是写作这件事又重新开始了。这一回我变得更加幸运，而且我觉得自己的水平也提高了。也许是那些编辑比之前做好了更充分的准备，他们的思想进入了一个新的领域。总之大概所有这些加在一起都起了作用。我重新开始了写作……

问题：你能一边写作一边喝酒吗？

布考斯基：喝酒时很难写散文，因为散文的工作量太大了，对我来说行不通。一边喝酒一边写散文太不浪漫了。

但诗歌是另一回事。你脑袋里有了这一行让人惊诧的诗句，你想把它写在纸上。当你喝醉之后，你会变得有点夸张、做作，有点粗野。那种感觉很不错。播放着交响乐，抽着雪茄，举起啤酒瓶，然后敲打出五行或六行或十五行或三十行绝妙的句子。你开始整晚地喝酒和写诗。你早上醒来发现它们散落在地板上。你删去那些糟糕的句子，然后就得到了诗。大概有百分之六十的诗行是不能用的；但剩下的那些，当你把它们拼在一起，看上去就成了诗。

我并不全是在喝醉的状态下写作。我清醒时写，喝醉时写，开心时写，难过时写。我没有什么特定的写诗的状态。

问题： 戈尔·维达尔[1]曾说，除了一两个例外，所有美国作家都是酒鬼。他说得对吗？

布考斯基： 好几个人都说过这样的话。詹姆斯·拉斐特·迪基[2]曾说有两件东西与诗歌最相配——酗酒和自杀。我认识很多作家，据我所知他们几乎都喝酒，除了仅有的一个例外。他们大多数人，但凡有一点天资的，都是酒鬼。没错，仔细

1　戈尔·维达尔（Gore Vidal，1925—2012），美国作家，出身于纽约州西点显赫的政治家庭，涉笔小说、剧本、政论等多种题材，不拘一格，以讽刺幽默见长。
2　詹姆斯·拉斐特·迪基（James Lafayette Dickey，1923—1997），美国诗人和小说家，1966 年成为第 18 位美国桂冠诗人。

想想，还真是这么回事。

喝酒是一件情绪化的事情。它将你从日常生活的标准化中摇出来，不再千篇一律。它猛地把你拽出你的身体和意识，将你扔在墙上。我觉得喝酒是某种形式的自杀，但它使你能够重新回到生活，在下一个早晨重新开始。就好比将你自己杀死，然后获得重生。这样说来，我想我已经活过一万或一万五千次了。

摘自《杂役》

很晚之后，我在酒吧最里面的一张红色软长椅上醒过来。我坐起来四处张望。所有人都走了。钟表上说已经凌晨 3:15 了。我试着开门，被上了锁。我走到吧台后面拿来一瓶啤酒，打开它，又回到座位上坐下。然后我又去找来一根雪茄和一袋薯片。我喝完了啤酒，又起身去找来一瓶伏特加、一瓶苏格兰威士忌，我又回到座位上坐下。我给酒里掺上水；我抽雪茄，吃牛肉干、薯片，还有煮鸡蛋。

我一直喝到凌晨 5 点。然后将酒吧打扫干净，把东西都摆回原处，走到门口，回到了街上。这时我看见一辆警车向我靠近。我沿着街边向前走，他们跟在我后面缓慢地行驶。

走过一个街区之后，他们在我旁边停下车。一名警官将头伸出车窗。"嘿，老兄！"

他们的警灯照在我脸上。

"你在干什么？"

"回家。"

"你在附近住？"

"是的。"

"在哪儿？"

"长木大街 2122 号。"

"你刚从酒吧里出来之前在做什么？"

"我是晚上看店打扫的。"

"谁是那酒吧的业主？"

"一个叫朱厄尔的女士。"

"上车吧。"

我上了车。

"带我们去你的住处。"

他们开车送我到家门前。

"现在，下车去按门铃。"

我走上停车道。我走上门廊，按了门铃。没人答应。

我接连按了好几次门铃。最后门终于开了。我的母亲和父亲穿着睡袍和睡衣站在门口。

"你喝醉了！"我的父亲喊道。

"没错。"

"你哪儿来的钱买酒？你身上根本没钱！"

"我可以找个工作。"

"你喝醉了！你喝醉了！我儿子是个酒鬼！我儿子是个天杀的没用的酒鬼！"

我父亲脑袋上的头发疯了似的一簇簇地直立起来。他的眉头因愤怒而皱起，他刚睡醒的脸涨得又红又大。

"看你的反应，就好像我杀了人。"

"你的行为跟杀人一样恶劣！"

"……哦，真该死……"

我猛地呕吐在他们的"生命之树"波斯地毯上。我的母亲尖叫起来。我的父亲怒吼着朝我冲过来。

"你知道家里的狗在地毯上拉屎时，我们怎么惩罚它吗？"

"我知道。"

他抓住我的后脖颈，用力向下压，逼迫我头朝下弯下腰去。他想要我把头伸向膝盖。

"我要让你看看。"

"不要……"

我的脸就要贴上地毯了。

"我要让你看看我们是怎么教育狗的！"

我从他手中挣脱，从地上爬起的同时给了他一记重拳。这一拳挥得完美至极。他一路跌跌撞撞地退到了屋子那头，一屁股坐在沙发上。我紧跟过去。

"站起来。"

他坐在那儿没动。我听见母亲的喊叫。"你打了你的父亲！你打了你的父亲！你打了你的父亲！"

她一边尖叫一边用指甲划开了我的一边脸。

"站起来，"我再次对父亲说。

"你打了你的父亲！"

她再一次抓伤我的脸。我转过脸去对着她。她又划破了我的另一边脸。

血顺着我的脖子流下来，浸湿了我的衬衫、裤子、鞋还有地毯。她把手放下，盯着我看。

"你结束了吗？"

她没有回答我。我走回自己的卧室，心想，我最好找一份工作。

我回到洛杉矶，在胡佛街附近找到一间廉价酒店，躺在床上喝酒。我喝了颇有一段时间，大概三天或四天。我就是无法让自己去读那些招聘广告。一想到要坐在隔着一张办公桌的男人对面，告诉他我想要一份工作，告诉他我能够胜任一份工作，这对我来说太难了。坦白地说，我对生活感到恐惧，对一个人必须去做些什么事，才好让他可以吃饭、睡觉、有衣服穿，感到恐惧。于是我躺在床上喝酒。当你喝酒的时候，这个世界固然在那里，但会有那么一刻，你感觉不到自己正在被它掐着脖子。

BUK

啊，狗屎

一边喝德国啤酒
一边尝试想出
不朽的诗
在下午五点时分。
可是，啊，我明明告诉过
学生们诀窍就在于
不去刻意尝试。
可当你周围没有女人
陪伴，也没有赛马
可看
还剩下何事可做？
我性幻想了
几次
在外面吃了午饭
还去寄了三封信
去杂货店买了东西。
电视上没什么好看的
电话悄无声响。
我也已经让牙线游走过
我的牙齿。

天看上去不会下雨，而我在听

那些每天工作 8 小时的

最早回来的人将车

停在隔壁的

公寓楼后。

我坐在这里喝德国啤酒

尝试写出点什么

伟大作品。

我写不出来。

我只是继续喝酒

越来越多的德国啤酒

再卷几支烟

到了晚上 11 点，我就可以重新躺回

被子未叠的床上

脸朝上

在电灯下

入睡

继续等待那首不朽的

诗

继续等待。

汤姆·琼斯究竟是谁？

我睡一个

24 岁从

纽约来的女孩

两个星期了，

正好那段时间

垃圾清洁员在罢工

有一天晚上

这个 34 岁的

女人

来了，她说

"我要见我的对手，"

于是她们见了面，然后

她说，"哦，你真是个

可爱的小东西！"

接下来我只记得

野猫般的撕扯——一通

尖叫和抓挠，

受伤动物的呻吟，

鲜血和小便……

我喝醉了而且只穿着

短裤。我试着

将她们分开，但我摔倒了，

扭伤了膝盖。然后

她们冲出

门外，冲上人行道，

冲上了大街。

一群警察开着巡逻车

赶来。还有一架警用直升机

在头顶盘旋。

我站在浴室里

对着镜子大笑。

你不会在

55 岁的年纪

经常遇见如此精彩

的事情。

这简直胜过

瓦茨骚乱[1]。

1　瓦茨骚乱，发生于 1965 年 8 月 11 日洛杉矶瓦茨区的黑人骚乱，
震动了美国社会。洛杉矶市警察以车速过高为由，逮捕了名为马凯
特·弗莱伊（Marquette Frye）的黑人青年。事件发生后，瓦茨区黑
人与警察发生冲突，黑人抢劫了白人的商店，焚毁了一些建筑物。

后来那个 34 岁的女人

回到了屋里。她把自己弄得

狼狈不堪

她的衣服被撕破了

身后还跟来两名警察

他们想知道

这一切是怎么引起的。

我提起短裤

开始向他们解释。

啤酒

我不知道当我等待着事情

向好的方向发展时

喝下过多少瓶啤酒。

我不知道我喝下过多少瓶葡萄酒和威士忌

还有啤酒

大部分时候是啤酒

当我和女人们

分手——

等待

电话响起

等待脚步声传来，

而电话从来不会响起

直到过了很久之后

而脚步声也从不会传来

直到过了很久之后

直到我的胃快要

冲出我的嘴

她们才终于回来，像春天的花朵般灿烂：

"你究竟对自己做了些什么？"

女性很会忍耐

她们的生命比男人长七年半
而且她们很少喝啤酒
因为她们知道那不利于
保持身材。
当我们在等待中发疯时
她们出去
跳舞和欢笑
跟淫荡的牛仔们一起。

好吧，还有啤酒
一袋又一袋的空啤酒瓶
当你试着把它们捡起
酒瓶又从纸袋
潮湿的底部
掉了出去
滚来滚去
叮当作响
溢出灰色的潮湿的灰烬
还有发馊的啤酒，
或者那些纸袋会在
凌晨 4 点掉在地上
发出你生活中仅有的声音。

啤酒

啤酒汇成河流和大海

啤酒啤酒啤酒

广播里在播放爱情

歌曲

而电话仍旧悄无声响

而墙壁从上到下立得笔直

墙上剩下的只有啤酒。

马桶时间

半醉半迷

我离开她的房子

她温暖的被窝

我尚未从前一晚的宿醉中恢复

甚至不知道自己身处哪座

城市。

我沿街前行

找不到自己的车。

但我知道它就在附近。

然后连我自己也

迷路了。

我四处游荡。那是一个

星期三的早晨，我看得见

大海在南边。

但我喝了满肚子的酒：

所有那些秽物即将从我嘴里

喷涌而出。

我朝着大海的方向

走去。

看见一幢棕色的砖石

建筑坐落在

海边。

我走了进去。那里有个

老家伙正趴在其中一个

马桶上呻吟着。

"你好，老兄，"他说。

"你好，"我说。

"那边可真是地狱一般，

不是吗？"老家伙

问道。

"的确是，"我答道。

"要来一杯吗？"

"绝不在中午之前喝。"

"现在几点了？"

"11：58。"

"我们还有两分钟。"

我擦干净，冲水，提起

裤子，然后走到他旁边。

那个老头儿仍旧在他的马桶上，

呻吟着。

他指了指脚边的

一瓶红酒

已经没剩下多少

我将它捡起，喝掉了大约

剩下的一半。

我递给他一张旧得皱皱巴巴的

一美元

然后走到外面的草地上

吐了出来。

我看了看大海,

大海看上去很不错,满是蓝色和

绿色和鲨鱼[1]。

我离开海边

走回街上

决心要找到我的车。

我用了一小时又十五分钟

当我终于找到它

我钻进车便立即开走了

假装自己像旁边那名

司机一样

本来就知道它在哪儿。

---

1 英文中,鲨鱼(shark)一词亦有"行骗"之意。

摘自《布克：长满痘疤的诗歌，来自查尔斯·布考斯基。又脏又老的人类手记》

布考斯基： 我今天大部分时间都在喝啤酒，不过不用担心，孩子，我不会把拳头戳向窗户外，也不会破坏什么家具。我喝啤酒时很温和……至少大部分时候如此。喝威士忌才会使我惹麻烦。我在别人面前喝威士忌时，经常容易变得很傻、好斗或很狂野，而这会给我带来麻烦。所以如今每当我喝威士忌，都尽量独自一个人喝。这也能表明你是个很好的威士忌饮者——因为独自一人喝威士忌，往往显示出你对它的虔诚。当你喝了酒，甚至连灯罩都会变成另一个样。诺曼·梅勒[1] 曾发表过很多狗屎一般的言论，但有句话我认为他说得棒极了。他说："绝大多数美国人都是在喝醉后才得到精神上的灵感，而我正是这些美国人中的一员。"我百分之一百地支持他的这番论述，尽管他的《裸体者与死者》[2] 写得糟糕透顶。唯

1　诺曼·金斯利·梅勒（Norman Kingsley Mailer，1923—2007），美国小说家、记者、散文作家、剧作家、电影制片人、演员和自由派政治活动家。其最著名的作品是获得 1979 年普利策小说奖的《行刑者之歌》。
2　《裸体者与死者》是诺曼·梅勒写于 1948 年的畅销小说，1958 年被改编成同名电影。

一需要注意的是，一个人必须谨慎地处理饮酒和性之间的关系。一个明智的人，会选择在喝醉之前先享受性爱，因为酒精会偷走他那老命根子的雄壮。在这方面，我到目前为止做得还不错。

摘自《查尔斯·布考斯基：与一个脏老头的对话》

问题： 你会将自己描述为一个酒鬼吗？

布考斯基： 太会了。

问题： 你为什么要喝这么多酒？

布考斯基： 我基本上是个非常腼腆的人——我会有很多自我怀疑——但与此同时我又极其自负。酒精中的一些东西，能够抹去我的自我怀疑，让自我意识登上前台。我为此做过很多试验。我的结论是，喝酒有一种最神奇的功效，它能将你带入某种只有喝酒才能进入的状态。你会去碰碰运气，你会愿意赌上一把。

有一次我从赛马场回来。我刚跟女朋友吵过架，每次和女人吵架之后我都会非常心烦。我那天晚上大概赢了180美元，醉得很厉害。我在街上开着车，遇到红灯停了下来，这时后面一辆坐着四个黑人的车撞到了我的保险杠，把我往前推了一下。你知道，当一个男人刚和女人吵过架时，你是不会愿意招惹他的。他会变成一个杀手。于是我让他们超过了我。他们先开到了下一个红灯，停了下来。我冲上去撞了他们的后保险杠——很用力。再到下一个红灯，我更用力地撞了他们的保险杠，突然间他们开始设法逃走——四个黑人，壮汉——我紧跟着他们。我们飞速地急转弯，轮胎磨得地面吱吱作响。一个老年白人驾车追逐四只黑色小猫咪。“我要宰了你们，”我冲他们大喊。我们的车开始漂移、打滑，就像在电影里一样。而我当时的感觉就是我真的能单挑他们四个。当你有了这种感觉，相信自己能做到一件事时——谁知道结果会怎样呢？我们就这样辗转漂移，突然，他们靠边停在路牙上，我也在他们后面停了车。我终于要去把这四个家伙打得屁滚尿流了。他们原本也可能是白人；你明白吗？他们只是恰好是四个黑人。我有反黑人倾向，没错。可我也反黄人，反任何人。总之，我打开车门跳下车去。我穿着一件超大的水手粗呢外套，让我看上去比实际又大了一圈。我站定身子，做好了准备去把他们从车上揪出来……就在我开始向他们的车移动的那一刻，他们突然“嗡”的一声加速逃跑了。我钻回车上，可已经追不上他们了。

问题：你刚才说你反黑人？

布考斯基：没错，我是个黑人反对者。我同样也反黄人。

问题：你反白人吗？

布考斯基：是的，我也反白人。

问题： 黑人身上有什么是你不喜欢的呢？

布考斯基： 他们四个人挤在一辆车里。他们还撞我的保险杠。总之，喝酒会把人带入一个仅凭胆量永远无法到达的状态里。

问题： 或者说，你的智慧拒绝带你到达的状态。

布考斯基： 总会发生些什么事的。喝酒会让各种事情发生。

酩酊大醉

听着，我说，快看那座房子！
在那房子里喝个**大醉**再合适不过了
不是吗？

你整天想的就是这个，她说，在你眼里
大家整天都在无所事事，个个喝得
大醉。

再看**那座**房子，我说，它的窗户
就像教堂的窗户一样。我敢打赌他们正坐在里面
喝得**大醉**，就在此刻！

事实并不像你想的那样，她说。

我想买一个房子，我说，可以在里面喝得
大醉的那种。一座小房子就够了，前门有一小段门廊
伸在外面……两头饥饿的德国牧羊犬……门廊板上是脱落的
油漆。

那就买一个吧，她说，买吧。

它肯定就在某个地方，我说，我知道它就在某个地方。

我们在贩酒店停留后开车回到了
我的庭院。我们有四瓶德国
白葡萄酒。我们要
喝个**大醉**。

没有什么事比得上**酩酊大醉**，
特别是在合适的状态下。
我是说，当你感到不**那么**
糟糕的时候。

附近的邻居经常报警
投诉我。

我想在一个像威廉·兰迪·赫斯特[1]的
老城堡一样的地方喝个**大醉**。

1　威廉·蓝道夫·赫斯特（William Randolph Hearst，1863—1951），
美国报业大王、赫斯特国际集团（Hearst Corporation）的创始人。
赫斯特是一位在新闻史上饱受争议的人物，被称为"新闻界的希特
勒""黄色新闻大王"。他在 20 世纪初掀起的黄色新闻浪潮，对后
来的新闻传媒产生了深远影响。此处提到的赫斯特的城堡是位于美
国加利福尼亚州中央海岸的国家历史地标，也是赫斯特在 1919 年至
1947 年间的住所。

我想从一个巨大的房间走到另一个巨大的房间
将装满酒的瓶子砸向墙壁，
在我自己的厄运里自由自在。

住在附近的穷人们，无法理解
我需要弄出的声响和我喝酒的方式。
他们必须得用睡觉度过自己的夜晚
好让自己有力气应付工厂里的白天
所以他们总是很快就拿起电话诉诸法律
尽管在我看来
他们比其他任何人都更需要
喝个**大醉**。

我们刚一进屋，她说，
好了，我们能过一个安静的夜晚吗？

我回答说，我不知道。
我要来个**酩酊大醉**。

形象

他坐在我对面的椅子上，
"你看起来很健康，"他的声音
几乎有些沮丧。

"每天晚上三瓶德国白葡萄酒，"
我对他说。

"你会告诉人们这些吗？"他
问。他走到冰箱前，打开
冰箱门："所有这些维生素……"

"盐酸硫胺素，"我说，"B-2，胆碱，B-6，叶
酸，锌，E，B-12，烟酸，镁化钙，
A-E 复合，对氨基苯甲酸……还有每天晚上
三瓶德国白葡萄酒……"

"水槽里装在罐子里的这些是什么东西？"
他问。

"药草，"我告诉他，"北美黄连，紫花罗勒，
苜蓿薄荷，韩国萝卜，柠檬草，蔷薇果，木瓜，

LOSE THE IMAGE

"oh," I SAY, "I am..."

"but how about your image?" he asked, "people don't expect

you to be like this..." I SAY "I KNOW" I'VE LOST MY ~~DON~~ GUT.

"~~starting~~ ~~~~. "I've come down from size

44 to 38, I've lost 2I pounds..."

"I mean," he GOES on, "that you represented a man walking

carelessy and bravely into death, foolishly, but with style,

Don Quixote, the windmills...."

"don't tell anybody, ~~Ben~~," I answer, "and maybe we can save

the image...?"

"you'll be going to God next," he SAYS.

"my God," I answer, "is 3 good bottles of white German wine

each night..."

"all right," he SAYS, "I suppose it's all right."

"I still fuck," I SAID, "and I play the horses and I like to

go to the boxing matches and I still love my daughter and I

almost love my present girlfriend, maybe I even do..."

"all right," he SAYS, "can you give me a ride back to my

place?"

~~he looked a little bit sick.~~

~~#####~~

"look, Ben," I SAID, "let me brew you up a little herb tea

before we go? how about a touch of feenagreek? NU

"no," he SAYS, "let's go..."

"all right," I SAY.

well, that's the way it was with friendships

they ended like affairs with women ended.

I locked the door and we went down the walk

toward my car.

Charles Bukowski
11-17-77

积雪草，三叶草，聚合草，胡芦巴，黄樟
还有甘菊……我还喝泉水，
矿泉水，以及三瓶德国白葡萄酒……"

"你会告诉人们这些吗？"
他问。

"告诉人们什么？"我问。"我不吃任何
四条腿走路的东西，我也不吃同类，还有袋鼠和
猴子，我也不吃……"

"我是说，"他说，"人们以为你是个
硬汉……"

"哦，"我说，"我的确是……"

"可你的形象怎么办？"他问。"人们可不会认为
你是这个样子……"

"我知道，"我说，"我的啤酒肚没了。我的裤子尺寸
从 44 号变成了 38 号，我瘦了 21 磅……"

"我是说，"他继续说，"你代表的是一个
无所谓地、勇敢地走向死亡的男人形象，有点傻可是有
堂吉诃德式的风格，像风车……"

"别告诉任何人，"我回答，"也许这样我们能保持这种
形象或者至少让它破灭得迟一些……"

"接下来你将去面对上帝，"他说。

"我的上帝，"我说，"就是三瓶……"

"好吧，"他打断我，"我猜这也没什么问题。"

"我仍然会做爱，"我说，"而且我还赌马，我也喜欢
看拳击比赛，我仍然爱着我的女儿，
而且我几乎爱着现在的女朋友，或许我甚至
真的爱她……"

"好吧，"他说，"你能开车载我回到我的
车那去吗？"

"好吧，"我说，"我也仍然开车。"

我锁上门，我们一起沿着步道走到我的车那去。

致海因里希叔叔
1978年3月5日

【……】我想我白葡萄酒喝得太多了，但这确实是上好的品种——伯恩卡斯特尔地区出产的雷司令——哈夫迈耶出品——德国出产——一种摩泽尔白葡萄酒。我喜欢一边写作一边听广播里的交响乐，一边喝这种酒。琳达成功说服我开始服用维生素和药草，吃新鲜蔬菜，不吃鱼类和禽类以外的肉，吃非常少的盐、糖或糖制品，不喝啤酒和威士忌。我从223磅减到了194磅。我应该更多地锻炼身体，但我不想努力做任何事情。我一向很懒，但唯独在写作上是个例外——我在3个月里写了330首诗，用5个月写完了一部小说，是一部长篇。你瞧，除此之外也没什么事可做——赌马，喝白葡萄酒并写作，忠于琳达·李并尝试着感到幸福。有时还会去圣莫妮卡看望我的女儿，她看起来很平和，日子过得越来越好了。

摘自《女人》

有一天下午我从贩酒店出来，刚走到尼科尔家门口。我手上拎着两盒 6 瓶装的啤酒和一品脱威士忌。最近我又在和莉迪亚吵架，所以那天晚上我决定在尼科尔家过夜。我一个人走着，已经有点醉了，这时我听见有人从我身后跑了过来。我转过身，是莉迪亚。"哈！"她说。"哈！"

她从我手上夺过装酒的袋子，将那些啤酒从袋子里抽出来，一瓶接一瓶地在人行道上摔碎。酒瓶发出巨大的爆裂声。圣莫妮卡大道是一条很繁忙的街道，晚高峰刚刚开始。这一切发生在尼科尔家门前。接着，莉迪亚抓起那瓶一品脱装的威士忌。她将它举过头顶，对着我高声喊道，"哈！你准备喝了这些酒，然后和她过夜！"她将那瓶威士忌向水泥地面猛砸。

尼科尔家的门开了，莉迪亚跑上台阶。尼科尔站在台阶高处。莉迪亚开始用她的大手提包挥打尼科尔，那只手提包的带子很长，她用尽全力挥动着它。

"他是我的男人！他是我的男人！你离我的男人远一点！"

然后莉迪亚跑下台阶从我身边擦过，跑到街上。

"上帝啊，"尼科尔说，"那是谁？"

"那是莉迪亚。给我一把扫帚和一个大纸袋吧。"

我走到街上，开始清理那些摔碎的玻璃瓶，把碎片装进那个棕色的袋子。这回那个婊子可太过分了，我想。我要再去买些酒来。我要和尼科尔过夜，没准儿是好几夜。

我正弯着腰扫玻璃碴，就听见背后传来一阵奇怪的声响。我转身查看，是莉迪亚在她的大众 THING 里。她开着它来到了人行道上，正以 30 英里的时速向我直冲过来。我在她撞上来的那一刻跳开了，车身从距我一英寸的位置擦过。她开着车继续直冲到街区尽头，冲下人行道，沿车行道一直开到下一个路口，在街角右转，然后开远了。

我回去继续清扫玻璃碴。我把所有打碎的酒瓶都收拢起来扔进垃圾桶，然后又捡回最初的那只纸袋，在里面找到了一瓶没打碎的啤酒。它看上去真不错。我也实在很需要它。我正要打开瓶盖，突然有人把它从我手里夺了去。又是莉迪亚。她跑上尼科尔家的台阶，将它猛地投向她家的窗户。她抛出的力量如此之大，酒瓶像一颗大子弹一样直接穿过了玻璃窗，并未将整面玻璃打碎，而是在上面留下了一个圆洞。

莉迪亚跑了，我走上台阶。尼科尔仍然站在那里。"看在上帝的分上，柴纳斯基，在她杀光所有人之前快带她离开这儿吧！"我转身走下台阶。莉迪亚坐在路边她自己的车里，引擎在转动。我打开车门钻了进去。她开动汽车，我们两个人都没再说一句话。

* * *

"女士们、先生们，亨利·柴纳斯基！"

我走上台，他们哄笑起来。我还什么都没做呢。我拿起麦克风，"你们好，我是亨利·柴纳斯基……"

听众的吵闹声震彻全场。我什么也不用做，他们自己就能让场面热闹起来。但你必须得谨慎行事。醉到这个程度，他们能立刻察觉任何虚伪的姿势、任何虚伪的语言。你永远不能低估一群听众。他们是付了钱进场的，就像他们付钱买酒一样；他们之所以付钱，是因为想要从你这里得到些什么，假如你不给他们，他们会直接将你扔进大海。

舞台上有一台冰箱。我打开它。那里面装了四十瓶啤酒。我伸手进去拿出一瓶，拧掉瓶盖，大喝了一口。我非常需要这口酒。

这时台下前排的一个男人喊了起来，"嘿，柴纳斯基，我们可是花了钱来喝酒的！"

那是个坐在第一排穿着邮递员制服的胖仔。

我再次伸手到冰箱里，拿出一瓶啤酒。我走到台前，将啤酒递给他。然后我又回到冰箱前，拿出更多啤酒来。我将它们递给坐在第一排的人们。

"嘿，那我们呢？"声音来自靠近最后的位置。

我又拿出一瓶，将它抛向空中。我又紧接着多扔出几瓶。都没打碎。他们全接住了。然后有一瓶从我手中滑了出去，高高飞向空中。我听见它打碎的声音。我决定停下来。我可能因此被告上法庭：致他人头盖骨破裂。

冰箱里还剩下二十瓶。

"好了，剩下这些是我的！"

"你要读一整晚吗？"

"我要喝一整晚……"

掌声，哄笑声，打嗝声……

"你这坨该死的狗屎！"有个家伙尖声喊道。

"谢谢，蒂莉姨妈，"我回应道。

我坐下，调整了麦克风，开始读第一首诗。全场安静下来。现在，我是站在斗牛场内独自面对公牛了，我感到些许恐惧。但毕竟是我写了那些诗。我将它们朗诵出来。最好开诚布公、轻松寡淡地读一首讽刺诗。我读完了它，四周的墙壁开始震颤。掌声中有四五个人在打架。我就要逢凶化吉了，接下来我要做的只是站在那里。

你不能太低估他们，你也不能拍他们的马屁。总有那么一块中间地带是你能够做到的。

我继续朗诵更多的诗，喝啤酒。我醉得更厉害了。词句变得越来越难读。我开始读错行，不小心把诗稿掉在地上。然后我停止了朗诵，只是坐在那里继续喝酒。

"很不错，"我对他们说，"你们付钱来看我喝酒。"

我又努力为他们多读了一些。最后我读了几首淫秽诗，结束了整场朗诵。

"就这些了，"我说。

他们喊着要听更多。

那些屠宰场的男孩，那些西尔斯·罗巴克[1]的男孩，所有那些在我小时候工作过的商店里工作的男孩和男人们，绝不会相信这一切。

* * *

这就是喝酒的问题所在，我一边给自己倒满一杯，一边想。如果发生了什么坏事，你喝下的是想要忘却的努力；如果发生了什么好事，你喝酒以示庆祝；而如果什么事也没发生，你便喝点酒弄出点事来。

* * *

我拿着酒瓶进了卧室。我脱下衣服，只剩短裤，然后上床。从来没有任何事靠在谱上。人们只是盲目地抓起随便什么手边的东西：健康食品，禅宗，冲浪，芭蕾，催眠术，交友小组，纵欲，骑单车，药草，天主教，举重，旅游，取款，素食主义，印度，绘画，写作，雕刻，作曲，演奏指挥，背包旅行，瑜伽，交媾，赌博，喝酒，闲逛，冻酸奶，贝多芬，巴赫，佛陀，基督，超绝冥想，印度教，胡萝卜汁，手工西

1　西尔斯·罗巴克公司（Sears Roebuck）曾经是美国最大的私人零售企业。

装，飞机旅行，纽约城，然后它们全都土崩瓦解，消失不见。人们必须在等待死亡的同时找些事做。我想，能有选择总归是件好事。

我做出了我的选择。我举起我的五分之一品脱伏特加一饮而尽。俄国人颇有些智慧。

* * *

我和艾丽丝在一起时一直都颇为满意和愉快，但我并未爱上她，她对我也一样。要在乎另一个人很容易，要不再在乎却很难。我在乎她。我们坐在停车楼上层的大众车里。我们都不赶时间。我开着收音机。勃拉姆斯[1]。

"我们还会再见吗？"我问她。

"不会再见了。"

"你想去酒吧喝一杯吗？"

"你把我变成了一个酒鬼，汉克。我已经虚弱得几乎没法走路了。"

"只是喝酒的原因吗？"

"不。"

"那我们去喝一杯吧。"

---

1 约翰内斯·勃拉姆斯（Johannes Brahms，1833—1897），德国古典主义最后的作曲家、浪漫主义中期作曲家。

"喝酒，喝酒，喝酒！这就是你能想到的全部吗？"

"不是，但喝酒是种不错的穿梭时空的方式，比如它能让我离开这儿。"

"你难道就不能直面事情吗？"

"我能，但我宁愿不这样做。"

"这是逃避主义。"

"所有的事都是逃避主义：打高尔夫球，睡觉，吃饭，散步，争吵，慢跑，呼吸，性交……"

"性交？"

"你瞧，我们就像两个高中生在谈话。让我送你去候机楼吧。"

事情进行得很不顺。我尝试亲吻她，但我感觉到她有所保留，像一堵墙。艾丽丝大概不舒服吧，我也一样。

"好吧，"她说，"我们先去办理值机，再去喝一杯。然后我就永远飞离此地：平稳地，容易地，没有伤感地。"

"好哇！"我说。

接下来的事，正如她提议的那样。

胖头诗

我抬起头，发现我喝醉在一屋子的
德国人当中。现在法国人也开始来到
我的周围，
我必须告诉你的是
法国人也是群十足的酒鬼。
德国人会不由自主地喝起酒来
而且喝得比法国人多
但法国人会变得情绪化：
他们会开始对所有的事发牢骚：
那个老叛徒，
这个混蛋和那个混蛋，
他们更像美国的酒鬼。

但我早就将这里的美国酒鬼
都喝跑了
也耗尽了他们的酒量。
德国人和法国人就像一群外太空
生物，他们经常用自己的语言讲话
这让我听不出他们的
无趣。

I await the Spaniards, the Japanese and the
Italians, then the Swedes...
~~my work has begun to appear in Spain and~~
~~Italy. all right. they can sit upon my~~
~~couch for a while, ##also.~~

the Americans with their 6-packs of Coors
and their Marlboro cigarettes,
I don't need them anymore,
~~and I won't need them anymore~~
~~when I finally come out in paperback~~
~~from a large New York publisher~~
~~and my shit will be racked at Thrifty's~~
~~and at L.A. International,~~
~~I won't need them.~~

all I'll need is for this Olympia
to keep ###charging down the stretch
~~#HBD~~
picking up the front runners
one by one
charging past the Pulitzer prize ~~contenders~~ THOROUGHBREDS
busting the wire
all the way past Moscow into
India...
east Hollywood was never a place for a
white tornado like
Chinaski.

Charles Bukowski
6-29-78

但即便如此，我对他们也已开始感到
厌倦。
前几天我在喝酒比赛中击败了三个
德国人。接下来就是法国人。
我还在等待西班牙人、日本人，以及
意大利人，然后是瑞典人……
那些拎着 6 瓶装库尔斯啤酒的美国人
还有他们的万宝路香烟，
我已不再需要。

我要做的，是在这场奥林匹亚的
冲刺阶段继续猛冲
横扫那些领跑者
一个接着一个
扫过那些为普利策奖而生的优良品种
冲破围栏
一路冲过莫斯科直冲到
印度……

东好莱坞这个地方从来不属于
柴纳斯基
这样的白色龙卷风。

摘自《这不是莎士比亚干的》

星期五晚上我要去参加一档有名的电视节目，在国家电视台。那是一个时长90分钟的脱口秀，是关于文学的。我要求他们在节目录制期间，为我准备两瓶上好的白葡萄酒。大约有5000万到6000万人观看了这期节目。

我从傍晚就开始喝酒。我能记得的一件事是罗丹、琳达·李和我一起过安检。然后他们让我坐在化妆师面前。他在我脸上扑了各种各样的粉，但它们立刻败给了我脸上的油脂和坑洞。他叹了口气，挥手让我走了。然后我们被安排和一伙人坐在一起等节目开始。我拔去一个酒瓶上的瓶塞，喝了一大口，味道还不错。我周围坐着3名或4名作家、一位主持人，还有一名精神病医生，就是他为阿尔托[1]提供了休克治疗。那位主持人据说是个在全法国家喻户晓的人物，可我并未看出他有什么名堂。我坐在他旁边，他轻抖着一只脚。"你怎么了？"我问他，"你紧张吗？"他没有回答我。我倒出一杯葡萄酒摆在他面前。"拿着，喝一口吧……它能让你胃里舒服一些……"他略带轻蔑地冲我挥了挥手。

然后节目开始了。我耳朵上戴着一个耳机，它会将法语翻译成英语。而我的发言也会被翻译成法语。我是这场节目的荣誉嘉宾，因此主持人先从我开始。我说的第一句话是："我认识很多美国作家，他们如今都希望能上这档节目。但对我来说这没什么大不了……"说完这些后，主持人快速切换到了下一位作家，那是一位古典自由主义作家，他曾被一次又一次地背叛，却始终保持了自己的信念。我没有什么政治立场，但我告诉这位老男孩他长着一张不错的脸。他不断地说啊说。他们都是如此。

然后一名女作家开始发言。此时我已沉浸在酒里，所以不大确定她究竟写了什么，我想应该是动物题材，这位女士写的是动物故事。我告诉她，如果她能多给我看一些她的腿，我大概就能判断出她是否是一个好作家。她没有接受我

1　安托南·阿尔托（Antonin Artaud, 1896—1948），法国演员、诗人、戏剧理论家。他主张把戏剧比作瘟疫，经受它的残忍之后，观众得以超越于它。其见解对尤奈斯库等人的荒诞派戏剧有重大影响。

的提议。那位给阿尔托做过休克治疗的精神病医生一直盯着我看。又有一个人开始了发言，是一名留着八字胡的法国作家。他实际上什么也没说，可却在不断地讲话。灯光变得更亮了，变成一种黏稠的黄色。我在灯下感到越来越燥热。再下一个我记得的场景，是我走在巴黎的街道上，到处是吓人的轰鸣和灯光。街上足有一万名骑摩托车的人。我要求去看法国康康舞女，但他们打着给我买更多葡萄酒的幌子将我送回了酒店。

第二天早晨我被电话铃声叫醒。来电话的是法国《世界报》的那个评论家。"你简直太棒了，杂种，"他对我说，"其他几个人什么都不会……""我做了什么？"我问道。"你不记得了？""不记得了。""好吧，我这么跟你说吧，没有一家报纸写反对你的话。是时候让法国的电视上出现点儿诚实的东西了。"

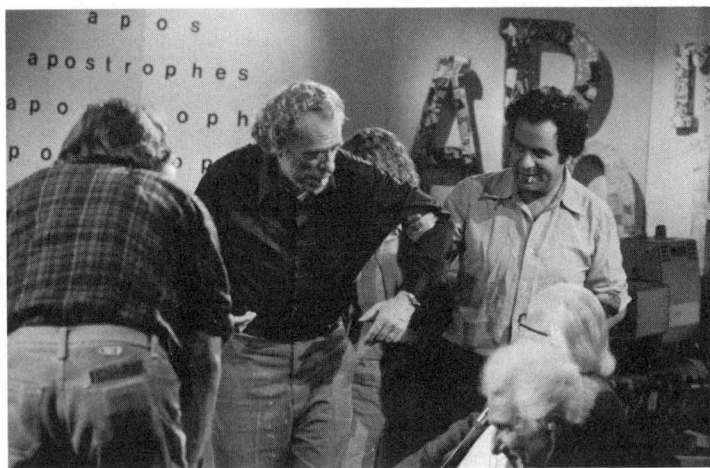

评论家挂了电话之后，我转向琳达·李。"到底发生了什么，宝贝？我做了什么？""嗯……你摸了那位女士的腿。然后你开始喝葡萄酒。你还发表了一些看法。很不错的看法，特别是一开始的时候。后来那个节目主持人不让你说话了。他把手放在你的嘴上，说'闭嘴！闭嘴！'"

"他真的这么说？"

"罗丹当时坐在我旁边。他一直对我说，'让他安静下来！让他安静下来！'他根本不了解你。总之，最后你把翻译用的耳机扯了下来，喝了最后一口酒，然后就离开了节目现场。"

"一个喝醉的邋遢汉。"

"后来当你走到门卫那里时，你抓住了其中一个保安的衣领。你抽出刀威胁他们所有人。他们一开始不大确定你是不是在开玩笑。但后来他们终于冲上来，把你赶了出去。"

* * *

南下（前往尼斯）的行程走了足有十个小时。我们晚上11点才到。没人出来迎接我们。琳达打了个电话。很明显他们就在屋子里。我看见琳达一边打电话一边做出各种手势。通话持续了很久。后来琳达挂掉电话走了出来。

"他们不想见我们。妈妈在哭鼻子，伯纳德叔叔在后面大发雷霆——'我不会让这样的男人进入我的房子！绝不！'他们在看电视。节目的主持人是伯纳德叔叔的偶像之一。叔叔接了电话，我问他们今天都去了哪儿，他告诉我他们为了不接我们的电话而特意去了外面。他让我们这么大老远地白跑了一趟。他故意让我们大老远地白跑一趟，只为了报复我们。他对妈妈说你被赶出了车站！这不是事实，你是自己走出车站的！"

"走吧，"我说，"我们去找家酒店。"

我们在火车站对面找到一家酒店，进入一间二楼的房间，然后又出去找到一家路边咖啡馆，那里有还不错的红酒。

"妈妈被他洗脑了，"琳达说，"我敢肯定她今晚一刻钟都睡不着。"

"我并不介意见不到你的叔叔，琳达。"

"我担心的是妈妈。"

"干一杯吧。"

"想想吧，他故意让我们白白坐了那么久的火车来到这里。"

"让我想起我的父亲。他也曾经常搞这样的小把戏。"

就在这时，一名服务生拿着一张纸走了过来。

"请您签名，先生。"

我签上自己的名字，又在旁边画了一幅涂鸦。

隔壁还有一个喝酒的地方。我向右看去，5 名法国服务生笑着挥舞手臂。我也冲他们回笑，向他们举起我的酒。5 名服务生全都向我鞠躬。他们站在那边交谈了一会儿，然后离开了。

小短腿酒鬼

他小时候从楼梯上摔了下来
他们在他腿上动了手术
手术完成后
他的腿只能长到原本的
一半长
他就是这样长成了一个
男人
迈着那两条非常短的腿
混迹在巴黎的咖啡馆之间
画那些跳舞的女孩
喝很多的酒。
（奇怪的是，那些
善于创作的人经常都有某种
缺陷。）
他靠作画谋生
他的很多画被咖啡馆用作
宣传海报
这些女孩中，出现了那个美丽
又可怕的荡妇
他画了她

于是陷入爱情

迈着他的小短腿。

她，当然了，是不可能保持忠贞的，

有一天晚上，为了替她的不忠

辩解

她拿他的腿说事。

他们的关系结束了。

他打开煤气阀

接着为了完成一幅画

又把它关上了。

他是个小不点儿绅士。

至少在我看的那部电影里

是如此。

他喜欢戴一顶礼帽

他一边画他的那些东西

一边喝酒；

他就是用这种方式

克服了重重困难，

他把一切安排得有条

不紊，

他画着所有那些

永远都不会属于他的

女孩，

有一天晚上
当他结束了
作画，
他从楼梯上醉得
滚下来
小短腿翻转晃动
他爱上了
另一个
可怕又美丽的
女人。

海明威

她说，那是 1953 年的哈瓦那
我当时去看他
有一天我见到了他
那是在下午
他喝醉了
伸展身子躺在一堆枕头中间
迷醉不醒
于是我给他拍了张照片
这时他抬眼看了看，说
"你胆敢把那张照片
给任何人看……"

今年夏天她从意大利
来看我
告诉了我这件事，
我说，"那一定是张很有意思的
照片。"
她告诉我，我的房子和他的
很像。
我们喝酒，找地方吃了晚饭，

然后她去赶飞机
离开。
那张照片如今被装裱起来
挂在我的房子一楼的台阶口
朝着北方。

他那时很胖，喝醉了酒
他所在的地方
正得其所。

莫扎特在十四岁之前写下了第一篇歌剧

我刚搬来的时候一切都很好：搬来的第三天
东边的邻居看见我
修剪树篱，于是将他的
电动修剪机借给我。
我感谢了他，但告诉他我需要把干活当作锻炼。
然后我弯下身子爱抚他那条颤抖着的
小狗。
然后他告诉我，他 83 岁了
但仍旧每天打卡上班。
是他自己的公司，他们每天做的生意
价值上百万美元。
我没有与之相称的谈资，于是我什么也没说。
然后他说如果我有任何需要
就随时告诉他和他的妻子。
我感谢了他，然后走回树篱里面。

每天晚上我都能看见他的妻子在看电视，
她经常跟我看一样的节目。
后来有一天晚上我喝酒发起了疯，在楼梯跑上
跑下并对着当时与我同居的女人

大喊大叫。（有些夜晚我会喝下五六瓶

葡萄酒，我的脑袋变得比一艘载着福音传教士

的船还要轻；我通常音量很高，动静

极大，几乎一丝不挂地跑来跑去；大约持续一两个

小时，然后我会上床睡觉。）

我们搬进去之后的第二个星期

我干了两次这样的事。

如今我再看不到他的妻子看电视了：

百叶窗帘被拉了下来，

我也再见不到那位老人和他颤抖的

小狗

也再没见过住在西边的邻居

（尽管我刚搬来的第四天还给了他很多

我院子里橘树上摘下的橘子。）

每个人都突然消失了。

细想起来

就连我的女人今晚也不在我身边。

赶场

我想
最糟糕的时刻
莫过于当我
经过一场醉酒的朗诵
和一整夜狂欢
紧跟着却有一场承诺要去讲的
上午十一点的英文
课
他们坐在那里
衣着整洁
年轻得可怕
舒适极了。

我只想睡觉
我控制自己
不看废纸篓
以免我
吐出来。

我想我是在
内布拉斯加或伊利诺伊或
俄亥俄州。

再不能这样了，
我想，
我要回到工厂里去干活
假如他们还要我的话。

"你为什么写作？"
一个年轻人问道。

"下一个问题，"
我回答说。

一个长着蓝眼睛的小美人
问道，"你最喜欢的三位
当代作家
是谁？"

我回答说，"亨利·柴纳斯基，
亨利·柴纳斯基和亨利……"

有人问，
"你觉得诺曼·梅勒怎么样？"

我告诉他们我并没在想
诺曼·梅勒的事，然后我
问道，"就没有谁那里有瓶
啤酒吗？"

四周陷入安静，那种
持续的安静，全班同学
以及教授都看着我，而我也
看着他们。

接着那位蓝眼睛的
小美人
问道，
"能为我们读一首
你的诗吗？"

就在这时，我
站起身走了
出去

我把他们和他们的教授

留在那里

而我走下楼

穿过校园

看着那些

年轻女孩

她们的头发

她们的腿

她们的眼睛

她们的屁股……

她们看上去如此美妙，

我想，但是

她们都将长大

陷入麻烦而

再无其他……

突然间我用手

撑着一棵树，开始

呕吐……

"快看那个老

头，"一个长着棕色眼睛的

小美人对一个长着

淡绿色眼睛的小美人说，

"他可真是
一团糟……"

总算听到了
事实。

夜校

在酒驾改正学校

我们被分在第 63 班

他们发给我们黄色铅笔

参加答题测试

以检查我们是否认真听了

教导员的授课。

例如二次酒驾罪的最短

监禁期为:

    A. 48 天

    B. 6 个月

    C. 90 天

此外还有其他九道题。

教导员离开教室后

学员们开始相互

打听:

"嘿,第 5 题该选什么?这道题

可真难!"

"他讲到过那个问题吗?"

"我觉得是 48 天。"

"你确定?"

"不确定，但我就这么
选了。"
有个女人在每道题的
全部三个答案上都画了圈
尽管教导员已经告诉过我们
它们都是单选题。

课间休息时我走下楼
去一间贩酒店门口
喝一罐啤酒。
我看着一名黑人妓女
正在站街上晚班。
一辆车停下来。
她走上前，他们
交谈。
车门打开。
她钻进车
他们开走了。

回到教室里
学员们开始
相互认识。
他们是一群没什么趣味的
酒鬼和

前酒鬼。

我想象他们坐在

酒吧里的样子

于是我记起了自己为什么

要独自

饮酒。

重新开始上课。

原来我是

唯一一个在测试中得到

100 分的学员。

我慵懒地靠在椅背上

戴上了我的墨镜。

我是班级里的

知识分子。

欺瞒玛丽

他在夸特赛马场遇见了她，一个草莓味的
金发女郎，嘴唇很薄，胸部却很大；长腿，
尖鼻头，嘴唇像花瓣，穿一件粉色连衣裙，
脚蹬白色高跟鞋。
她开始问他各种关于马的问题，
同时用她淡淡的蓝眼睛盯着他看……好像他是无所不知的神。

他提议去酒吧，他们一起喝了一杯，接着
又一起看了下一场比赛。
他花二十美元在一匹一赔六的马身上下注，赌赢了，
她欢欣雀跃地庆祝胜利。
接着她停止了跳跃，在他耳边私语：
"你太神奇了，我想要你！"
他咧嘴笑道，"我也想，可是什么时候？
玛丽……我的妻子……她对我每天的监管简直要精确到分钟。"
她笑了："我们去汽车旅馆，你这笨蛋！"

于是他们兑了现金，走到停车场，
钻进她的车……"结束后我再
送你回来，"她微笑着说。

他们在西边大约 1.5 英里处找到一家汽车旅馆，
她停下车，他们下车，走进旅馆，登记进了
302 号房间。
他们在来的路上停车买了一瓶
杰克·丹尼，他从纸袋里拿出酒杯，
她脱下衣服，倒出两杯酒。

她有着惊人的曼妙身材，坐在床边
小口呷着杰克·丹尼，他则
尴尬地脱着衣服，因为他觉得自己又肥又老，
但同时也感到幸运：今天是他去赛马场以来最棒的
一天。
他举着酒杯也坐在了
床边，这时她凑过来，手伸向他的两腿之间。

他将她拖进被子，他们在里面玩闹。
终于，他爬到她身上，那感觉美妙无比，那简直是
宇宙的奇迹，但可惜还是结束了，她走进
浴室后他又倒出两杯杰克·丹尼，
想着，我要好好冲个澡，玛丽不会
发现的。
我回到赛马场去结束这一天，就像
往常一样。

她从浴室出来，他们坐在床上一边喝杰克·丹尼一边闲聊。

"我现在要去洗澡了，"他一边对她说，一边起身。

"我很快就出来。"

"好的，小可爱，"她对他说。

他在浴室里仔细给身体打满香皂，以便冲去所有香水的
味道，女人的味道，精液的味道。

"快点儿，老爹！"他听见她对他说。

"我很快就来，宝贝！"他在淋浴喷头下
喊道。

他关了水，仔细擦干身体，然后打开浴室
门，走了出来。

房间是空的。

她走了。

一时冲动下他跑向衣柜，拉开
柜门：除了挂衣架什么也没有。

然后他注意到自己的衣服也不见了：他的内裤，
他的衬衫，他的裤子，以及裤兜里的车钥匙和钱包，他的
鞋子，他的袜子，所有的东西。

又在一时冲动下，他趴下去查看床下：
什么也没有。

这时他注意到杰克·丹尼还在，剩下半瓶，
立在梳妆台上。
他走过去倒出一杯酒。
他一边倒酒一边注意到梳妆台镜子上
粉色口红的潦草涂鸦：蠢货！

他将酒一饮而尽，放下酒杯，看见他自己
在镜子里的模样，很肥，很老。
他完全不知道该怎么办。

他拿起那瓶杰克·丹尼回到床上，坐下，
举起酒瓶对着瓶口喝酒，来自林荫大道
的灯光从百叶窗之间钻进来。
他向外张望，看街上的车流
来来往往。

致杰克·史蒂文森
1982 年 3 月 1 日

【……】我花了很多时间待在酒吧，多数是我还在东部的岁月，多数是在费城——那里的人们更自然，更有创造力，也更谦逊。我当然不是说他们是什么伟大天才，但在那里即使是斗殴也显得更干净。但我就是无法从坐在高脚凳上的日子里再有任何收获了，我努力了很久。到最后，我开始带着一瓶酒或好几瓶酒回到我的屋子里，我发现自己一点也不介意，我喜欢这样，独自喝酒。只有我和酒，拉下窗帘。不用过多地去想任何事。就只是抽烟和喝酒，翻翻报纸，躺在床上观察屋顶上的裂缝，也许再听一听收音机。当你意识到大街上并没有什么事在发生，不知怎的，就连破旧的地毯，或者哪怕是掉漆的椅子，也开始具有某种本真的魅力。此外，无论何时，你总是乐于意识到自己不用被关进监狱，也不用再浪费口舌试图将某个丑女人骗上你的床，以及在第二天浪费口舌试图摆脱她（当她们开始洗你厨房里的盘子，你便知道是时候发点疯病好吓跑她们了）。我想对我来说，更重要的是品尝美酒的滋味而非品尝人性的滋味。将二者混合在一起，你就能轻松地浪费掉一个夜晚，而这并不算什么坏事，除非那一天你过得格外不幸（大多数情况也的确如此）。那些好莱坞以及西部的酒吧，完全是一群狗屎的避风港——没有心脏，没有航向，没有希望。我曾有一个女朋友在这样一家酒吧里当服务员。那是个曾被人称作"十大"的娱乐场所。我什么也没对她说。我没有抱怨。我知道她知道的比我想象她可能知道的要少——我是说，她不具备那种直觉。我知道我们结束了。我就那样听任她落入泥沼，然后又一个新的女孩来敲我的门，这一次更糟。好吧……

致杰拉尔德·洛克林
1982 年 5 月 9 日

　　【……】让一个老男人给你点建议吧。你知道，伙计，啤酒能比其他任何东西更快地杀死你。你知道它会给膀胱带来什么样的负担，那种体量的液体根本就不应该流过人的身体，哪怕是清水也不行。我知道它会让谈话变得更美妙，也会让你免于卷入酒吧后面的巷尾斗殴（在大多数情况下），但是啤酒引起的头痛和呕吐简直是致命的。当然了，我不能否认也有一些绝妙的熟成啤酒。但比起喝那些装在廉价酒桶里的绿色玩意儿，上好的葡萄酒能将你的寿命延长十年。我知道你更喜欢去酒吧，如果你在那里点一杯葡萄酒，酒保会将手伸向酒柜深处一个落满灰尘的酒瓶，瓶底颜色发黑的沉淀物被激翻上来，那简直是纯正的毒药。所以我想，当你去酒吧时，你大概只能选啤酒了。可酒吧的问题是，它们跟赛马场毫无二致：最无趣和最可憎的人都去那里。好吧，该死，算了吧。我只是在这里一边喝着葡萄酒一边乱侃一通……

摘自《火腿黑面包》

有一次，就像初中时的大卫一样，又有一个男孩开始跟我套起近乎来。他又小又瘦，头顶上几乎没什么头发。孩子们都叫他"秃子"。他的真名叫伊莱·拉克罗塞。我喜欢他的真名，但我不喜欢他这个人。他却一直黏着我。他那么可怜，我没办法叫他走开。他就像一只遭人抛弃、饿着肚子的杂种狗。与他为伍并未让我感到自己做了什么善事，但我知道做一只杂种狗的感受，所以我默许他跟在我身边。他几乎每说一句话都要带脏话，至少一个脏字，但他只是故作姿态，他一点也不像硬汉，他只是在掩饰自己的害怕。我倒是不害怕什么，但我总是很困惑，所以我们两个或许是个不错的组合。

我每天放学后都陪他走回家。他和母亲、父亲还有祖父一起生活。他们的小房子坐落在一座小公园的街对面。我很喜欢那片地方，因为那里有巨大的树荫。有人曾说我长得很丑，所以我一直都喜欢阴影超过阳光、黑暗超过光明。

在我们放学回家的路上，秃子跟我讲了他的父亲。他曾经是一名事业有成的外科大夫，可惜因为酗酒，他失去了自己的医师资格证。有一天我见到了秃子的父亲。他坐在一棵树下的椅子上，就只是那么坐着。

"爸爸,"他说,"这是亨利。"

"你好,亨利。"

这让我想起第一次见到我父亲时的情景,当时他站在房子外面的台阶上。不同的只是秃子的父亲长着黑色的头发和黑色胡须,但他的眼睛跟我父亲的一样——热情洋溢而闪闪发光。真是奇怪,站在我身边的秃子——他的儿子,眼睛却一点光泽都没有。

"来吧,"秃子对我说,"跟我来。"

我们来到房子下面的地窖。四周又暗又潮,我们静静地站了一阵子,直到眼睛适应了昏暗的环境。这时我看到好几个酒桶。

"这些酒桶里装的全是各种各样的葡萄酒,"秃子介绍说。"每个酒桶下面都有一个龙头。想尝尝吗?"

"不想。"

"尝尝吧,就来一小口。"

"为了什么?"

"该死的,你到底觉不觉得自己是个男人?"

"我是硬汉,"我说。

"那就尝尝这里的酒。"

小秃子站在我身旁，挑战我的胆量。没问题。我走到一个酒桶旁边，将头伸到酒桶下侧。

"快拧开龙头！张开你那该死的嘴！"

"这附近会有蜘蛛吗？"

"继续！来吧，真该死！"

我把嘴放在龙头下，拧开它。一股气味浓烈的液体缓缓流下，流进了我嘴里。我立刻将它吐了出来。

"别像个娘们儿！把它咽下去！"

我拧开龙头，张开嘴。气味浓烈的液体流进我嘴里，我将它咽进肚子。我关掉龙头，起身站在那儿。我觉得自己又要开始呕吐了。

"现在，该你喝了，"我对秃子说。

"当然，"他说，"我才不怕呢！"

他把头凑到一个酒桶下，喝了很大一口。小废物的这点把戏可不会打败我。我走到另一个酒桶前，打开龙头美美地喝了一口。我站起身。我开始感到享受起来。

"嘿，秃子，"我说，"我喜欢这玩意儿。"

"好吧，那就再来点儿。"

我又来了一口。这次的口感更佳，我感觉更好了。

"这些东西是你爸的，秃子。我不能把它们都喝光。"
"他才不在乎。他已经戒酒了。"

我从未感到如此享受。这感觉胜过手淫。
我一个酒桶接一个酒桶地喝下去。太神奇了。为什么从没有人告诉过我？有了这些，生活简直棒极了，男人变得完美无瑕，什么也无法伤害他。

我直挺起身子，看着秃子。
"你妈妈在哪儿？我要去睡她！"
"我会杀了你的，你这杂种，你离我妈远一点！"
"你知道我可以揍你的，秃子。"
"没错。"
"好吧，我不会碰你妈妈的。"
"那我们走吧，亨利。"
"再喝一口……"

我走到一个酒桶边，喝下了长长的一口。然后我们从地窖的台阶走上去。我们出去时，秃子的父亲仍旧坐在那张椅子上。

"你们这两个小子去了酒窖，嗯？"

"是的，"秃子回答。

"开始得过早了一点，不是吗？"

　　我们没有再答话。我们走上林荫大街，秃子和我去了一家有口香糖卖的商店。我们买了好几包，然后将它们塞进嘴里。他担心母亲会发现他喝酒。我没什么好担心的。我们坐在公园的长椅上嚼口香糖。我想，这回好了，我找到了，我找到了能为我带来快乐的东西，以后很长很长时间里都将如此。公园的草地看上去更绿了，长椅看上去更新，连花也开得更卖力了。也许那玩意儿的确对外科医生没什么好处，可谁会想做个外科医生呢？这种人本身就从一开始就有毛病。

＊　＊　＊

　　我举起酒杯一饮而尽。"你只是在逃避现实，"贝克尔说。
"为什么不呢？"
"如果你逃避现实，你就永远也无法成为一名作家。"
"你在说些什么？作家就是干这个的！"
　　贝克尔站起身。"你对我说话的时候，不要提高音量。"

　　我猛地挥出右拳击中了他的耳朵后侧，这让他猝不及防。他在屋子里踉跄了好几步，酒杯从他手中滑落。贝克尔是个强壮的男人，比我壮多了。他撞在梳妆台侧面，转过身，我紧接着给了他一记右直拳，正打在他的侧脸。他又蹒跚着跌向窗边。窗户大开着，我担心再打他一拳可能会叫他跌落到街道上去。

贝克尔缓了缓神，左右摇动他的脑袋好让它清醒过来。

"好了，"我说，"让我们来喝一小杯。暴力让我作呕。"

"好吧，"贝克尔答道。

他走过来拿起酒杯。我喝的廉价红酒瓶口上没有木塞，只有那种旋拧式的瓶盖。我拧开一瓶新的。贝克尔伸过他的酒杯，我给他倒满。我又给自己倒上一杯，将酒瓶放下。贝克尔喝干了他的，我喝干了我的。

"你没有放在心上，"我说。

"该死，当然没有，伙计，"贝克尔说着放下他的酒杯。然后他在我肚子上来了一记右拳。我弯下身子，他就势用手推着我的后脑勺，用他的膝盖用力撞我的脸。我双膝跪地，血从我的鼻子流出，沾满了衬衫。

"倒杯酒给我，伙计，"我说，"让我们仔细想想这事。"

"站起来，"贝克尔说，"刚才那只是第一节。"

我站起身，向贝克尔走过去。我挡住了他的刺拳，用肘部击中了他的右侧，接着一记短促的右直拳打在他的鼻子上。贝克尔后退几步。我们两个的鼻子都在流血。

我继续紧逼。我们两个都盲目地胡乱挥拳。我打中了几次还不错的，他也又一次用右拳击中了我的肚子。我又一次弯下身子，但紧跟着挥出一记上勾拳。我打中他了。漂亮的一击，同时也很幸运。贝克尔向后倒下去，摔在梳妆台上。他的后脑勺撞在镜子上，镜子被撞得粉碎，他被撞晕了。我击败了他。我抓住他的前衣领，用一记右重拳打在他左侧耳后。他跌倒在地毯上，先是双膝着地，然后四肢匍匐。我走到桌前，用抖动的双手为自己倒上一杯红酒。

"贝克尔，"我对他说，"我在这一带每星期大约要发飙两次。你出现的不是时候。"

我喝干自己的酒。贝克尔站起身。他站在那里看了我一会儿，然后向前走来。

"贝克尔，"我说，"听着……"

他先挥出右拳佯攻，接着立刻猛地用左拳打向我的嘴。我们又开始了。双方都没怎么防御，就只是猛击，猛击，猛击。他将我推坐在一把椅子上，椅子瞬间散了架。我站起身，给了正冲过来的他狠狠一击。趁着他向后踉跄着挪步，我紧跟上去又是一记右拳。他狠狠地撞在后面的墙上，整个房间都为之一颤。他借着反弹回来的惯性，一记高高的右拳打在我的脑门上，我仰头看见很多光：绿色，黄色，红色……然后他又用左拳击中我的肋骨，右拳打在我脸上。我用力回击可是没打中。

该死的，我想，难道就没人听见这么多响动？他们为什么不来阻止我们？他们为什么不报警？

贝克尔又向我逼近。我挥出一记最大弧度的右拳却没打中，于是我就这么完了……

禁入马球俱乐部

有一次我在巴黎

在国家电视台喝得酩酊大醉

当着五千万法国人的面

我开始带着粗话含糊不清地吐露自己的想法

当主持人用他的手堵住我的

嘴

我跳上那张坐满了各种文学蠢货

的圆桌

试图直接走人

但门被上了锁

还有门卫把守

而我下定决心要

离开那鬼地方

于是我拔出我的 6 英寸小刀

要求他们放我出去

门卫们先是后退

重新组队后

一起向我冲来

夺去了我的小刀

将我扔出

门外。

还有一次
是一笔录音的
买卖。
我被安排去见一群
制作人，在一家
马球俱乐部
可他们迟到了
于是我找到吧台
开始喝点儿
暖场酒
终于等到有人
给了我一条领带
然后把我带到一张
桌子前
我被安排坐在几名
制作人以及门客
当中
然后他们点了晚餐。
我跳过晚餐，只点了
酒。

我一直喝酒。

然后我得去小便
于是我问，
"厕所在哪儿？"
他们告诉了我
我女朋友，
"他很容易走丢，
得有人
陪他去，他走丢后
会失去控制。"
但我对大家说
我会
没事的。

我找到了
厕所
尿得很顺利

但从厕所出来
我突然
迷了路

我过去所有关于
走丢的噩梦
突然间

又成了现实

我四处
徘徊
在几十张
桌子之间
唯独我的那张
消失不见

所有人
都显得满足而
优越.
只有我四处游荡
我开始感到
非常口渴
于是我走到一张
桌子前
举起某个家伙的酒杯
喝干了它。

我以为这会很
好笑
但那些人却只是盯着
我

用他们回形针般的

眼睛

于是我开始

跟他们说话

告诉他们在我眼中

的样子以及

感觉

然后有个家伙

直冲我站了起来

他是那里的

"总管"[1]

鉴于他看起来

过于吓人

我拔出了我的六英寸

小刀

顶在离他肚子一个指头的位置，说

"现在，带我回我的

座位！"

当然，他

照做了……

---

1 原文为法语。

第二天早晨我醒来，
猛地坐起身，问我的
女朋友，"我们在
哪儿？"

她说我们在
一家汽车旅馆。

"你记得昨天晚上
发生的事吗？"
她问。

然后我听说了事情的经过：我的
一个好朋友
给了那位总管
200美元让他答应
不报警，但此外
我此生将被
永远禁止进入那家
马球俱乐部。

"我们该死的车在
哪儿？"我问。

"别担心，"她
说，"车在
后院，我今天早上
很早起来就去
查看过了。"

"好吧，"我一边说一边挪向
洗手间，
"现在我们可以
从头来过了……"

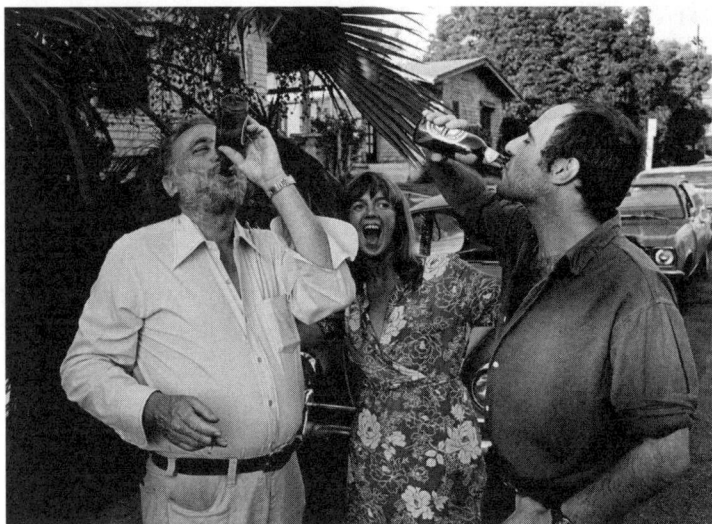

尝试戒酒

我是一个酒鬼，正努力做到一整晚

不碰酒瓶；

电视拿来糊弄我的是一张张陈腐无言的

脸；

我光着身子坐在床上

在满是褶皱的床单上看一张

超市传单上的八卦页面

在名人们充满背叛的无趣生活中

昏昏欲睡；

将传单扔在地上，

挠了挠我的下面……

我在赛马场过了不错的一天：赚了 468 美元。我看向

屋顶，屋顶像一座巨大墓穴的顶部

一样友善；

我开始使劲回想和我一起生活过的

每个女人的名字……

很快进入半睡眠状态，最美妙的那种：

完全放松却仍有一半意识留在

顶灯下，猫

在我脚边熟睡，突然电话响了！我
在恐惧中坐起身，这像是某种入侵，我
伸手
拿起
手机
喂？……

你在干什么？

什么也没做……

你一个人吗？

和猫在一起……

有女人在你
旁边吗？

只有
猫……

不……

那就好。

我们互道再见，然后我挂断电话
走下楼梯到了厨房
走到橱柜前
找到那瓶 1978 年产自蒙特利县的
佳美博若莱
然后走回楼上，我想，好了，也许
还是明天
晚上吧。

说起喝酒……

在喝醉的状态下，我身上发生过许多
怪事。比如在一张我不认识的女人
的床上或在监狱里醒来或者
受了伤或被抢劫
或其他种种喝酒之后的后果
或正在喝酒时的遭遇
比如有一天晚上我以为道路左侧是一间
贩酒店，于是我以为自己
在迎着对面来车向左转弯
但我以为有停车位的位置实际上并没有
停车位
于是就在这一刹那
我向右急转方向盘避免了撞向路牙
紧接着发现自己正逆行冲向对面的来车
那是一条车流密集的主干道而
就像在疯狂的梦里一样
（从相反方向驶来的）
第一辆车与我擦肩而过
我很快发现它是一辆警车
但不知出于何种考虑，我

竟向警官挥了挥手

接着我迅速在下一个街角

向左转弯并

左冲右闯地穿过一连串

街道，试图

摆脱他的追捕

最后我终于遇见

又一间贩酒店

买到了我的占边威士忌

然后偷偷绕到了我公寓

后侧的小街道，我打开

门

在咖啡桌旁的

小地毯上绊了一脚

整个身子失去了平衡

倒在桌子的

玻璃台面上。

第二天早晨我醒来时平躺在

咖啡桌上

我的 230 磅体重全靠它的

四条桌腿在下面支撑着

而当我站起身

发现那张薄薄的玻璃桌面竟然躺在那儿

完好无损……

那天晚上我喝掉了那瓶占边
庆祝自己的好运
正如其他所有人的运气一样，它来自
实践而非
神赐。

摘自《强硬的伙伴》

问题：你的写作始终"浸泡"在酒中。你并不为此感到内疚。唐纳德·纽洛夫[1]最近写过一本叫《饮酒的岁月》的书，主要讨论饮酒在美国作家身上产生的侵蚀作用：海明威、贝里曼[2]、梅勒等等。对于饮酒在自己的生活和写作中扮演的角色，你有什么要总结的吗？

布考斯基：人们常将饮酒与一种巨大的罪恶感联系在一起。我并没有这样的罪恶感。即使我想损坏我的脑细胞、肝脏以及其他器官，那也只是我自己的事。喝酒将我置于许多原本不会有机会涉足的处境：上床、监狱、斗殴，以及漫长疯狂的夜晚。在我多年作为普通劳工和流浪汉的岁月里，喝酒是唯一给予我慰藉的事。它让我脱身于陈腐污秽的陷阱。希腊人绝不是无缘无故地将红酒称为"诸神之血"的。我百分之一百的作品都是（也将会是）在喝醉后或喝酒时写下的。酒

---

1 唐纳德·纽洛夫（Donald Newlove），记者、书评人和短篇小说作家，其作品出现在《时尚先生》《纽约杂志》《常绿评论》和《星期六评论》中。
2 约翰·贝里曼（John Berryman，1914—1972），美国诗人，20世纪美国自白派诗歌奠基人之一。

使空气变得缓和，在词语中注入某种赌博的因素。我不认为饮酒会摧毁一个作家。我认为摧毁他们的是自满，是他们身上该死的自负。他们缺乏持久性，因为他们需要忍耐和坚持的东西原本就很少——他们当中有的人，只有在最开始时有过一丁点的忍耐。他们开始得太快、结束得太早，而且他们通常都是些低级的人类。【……】

问题： 在你变得比最开始略显成功之后，你喝酒的习惯是否有所改变？你喝的种类似乎从啤酒和廉价红酒变成了较好的红酒和苏格兰威士忌。如今的畅饮与之前相比，有什么不同呢？宿醉带来的不适是否减轻了？

布考斯基： 如今我大多数时候都喝质量较好的红酒。当然，此刻也正在喝。我现在已不去酒吧，更喜欢独饮。更好的酒带来的宿醉确实也不像以前那么凶猛。现在我每天都要喝很多个小时，但喝得比以前慢很多。所有这些习惯加在一起的结果是，我写出的书稿比以前又增加了不少。你知道，我一直以来都多产得可耻。

40年前在那个酒店房间

走出联合大道，凌晨3点，简和我从中午起
就一直在喝廉价红酒，我光脚走在
地毯上，不时捡起玻璃杯的碎片
（在阳光下，你能看见它们藏在地毯表面的短毛下，
一块块发着蓝光，钻向地毯深处）我走来走去
穿着我的破短裤，我丑陋的蛋悬在外面，皱皱巴巴的
旧内裤上满是烟头烫的大大小小的
洞。我停在简面前，她正坐在她那喝醉的
椅子里。
我冲她大喊：

"我是一名天才，这件事只有我
知道！"

她摇摇头，嘲讽地从嘴里吐出含糊不清
一句：
"狗屁！你是一个该死的
混蛋！"

我高傲地在地板上来回走动，这次捡起一块
大很多的玻璃杯碎片，我弯下身子

将它拔出：精美剔透的一大片，刺破了我的手指，血正从上面
滴落，我将它掷向空中，转过身去，盯着
简：

"你什么也不知道，你这个
蠢货！"
"去你的！"她
尖声大喊。

这时电话响了，我接起它厉声
喊道："**我是一名天才，这事只有我
知道！**"

是前台的电话："柴纳斯基先生，我已经警告过您
很多次了，您吵得我们所有客人
都没法睡觉……"

"客人？"我笑着说，"你是说那些该死的
酒鬼？"

这时简走过来抓过电话听筒
喊道："**我也是一名天才，这事只有我
这个蠢货知道！**"

然后她挂断了电话。

然后我走到门前，将椅子

顶在门上。

简和我一起将沙发也

推到门前

我们关了灯

坐在床上

等着他们到来，

我们很清楚醉鬼监禁室

的位置：北大街

21号——一个听起来

如此酷的

地址。

我们在床的两侧

各放了一把椅子，

椅子上都放着烟灰缸、

香烟和

红酒。

他们来时闹了很大的

动静：

"是不是这个

房间？"
"是的，"有人回答说，
"413 号。"

他们当中的一个用
警棍
敲门：
"洛杉矶警察局!
把门打开! "

我们没有
把门打开。

他们两个人一起用
警棍敲门：
"开门！把门
打开！"

这回所有的客人
铁定都被吵醒了。

"来吧，把门打开，"他们当中的一个
放低声音说，"我们只是想
跟你们谈谈，没别的意思……"

"没别的意思，"另一个
警察也说，"也许我们还能跟你们一起
喝一杯……"

三四十年前
北大街 21 号是一个非常恐怖的地方，
四五十个男人睡在同一片地板上
牢房里有一个马桶，但没人敢
在上面排泄。

"我们知道你们是好人，
我们只是
想见见你们……"
他们当中的一个说道。

"没错，"另一个附和道。

然后我们听见他们
在低语。
我们没听见他们
离开的声音。
我们不确定他们是否
已经走了。

"天哪，"简问我，
"你觉得他们
走了吗？"

"嘘……"
我叫她安静。

我们坐在黑暗中
喝
红酒。
其间没什么事可做
除了观看窗外
东侧的
两个霓虹灯
其中一个在图书馆附近
上面用红色字体
写着：
耶稣拯救。
另一个霓虹灯更
有意思：
那是一只很大的红鸟
连续七次
扇动它的翅膀
然后下方会出现

一个标牌

写着

信号汽油[1]。

这是我们能够

负担得起的

最好生活。

---

1 信号汽油公司（Signal Gasoline Company），1922年由农民萨缪尔·莫舍（Samuel Mosher）创立，初始仅拥有一家加油站，1928年即发展成为生产润滑剂和汽油的大型公司。

我的消失

当我对酒吧感到厌倦
——有时我确实会如此
我有一个地方可以去：
那是一片长着高草的荒地
一座废弃的
墓园。
我并不将其看作一种
病态的消遣。
而仅仅认为它的确是最好的
去处。
在这里，剧烈的宿醉能够得到
最大治愈。
在那些高草后面，我能看见
各种各样的石头，
很多石头倾斜的角度
极其古怪
甚至有些反重力
仿佛即刻就要
倒下
但我从来没见过

任何一块石头倒下来

即使整个墓园里

有那么多这样的石头。

那里阴暗又凉爽

吹着微风

我时常在墓园里

睡觉

从未

被打扰。

每次我去往墓园之后

回到酒吧

他们送上的总是那老套的

提问：

"你他妈的去了

哪里？我们还以为你

死了！"

我是酒吧里的怪胎，他们需要我的存在

好让自己感到

好受些。

就好比有的时候，我需要那座

墓园。

全盘考虑

在费城的冬天饥肠辘辘
努力当一名作家
我写啊写，喝啊喝啊
喝
后来停止了写作，专心
喝酒。

这是另一种
艺术形式。

如果你在一件事上交不到好运
就去试试另一件。

当然了，在喝酒
这种艺术形式上
我从 15 岁就开始了自己的
实践。

这个领域
也同样

充满竞争。

这是一个充满了酒鬼和作家和
酒鬼作家的世界。
于是
我从一名饥肠辘辘的作家变成了一名饥肠辘辘
的酒鬼。

最棒的是即刻产生的
结果。
我也很快成了邻里间最大的
以及最厉害的酒鬼，而且
可能在全城都是
如此。

这肯定比整天无所事事地等待
从《纽约客》或者《亚特兰大月刊》寄来的
退稿信要强得多。

当然，我从未真正考虑过退出
写作游戏，我只是想要来一场
历时十年的休息
我想假如我成名太早
面对如今这场拉锯战时

就无法像现在这般应对，感谢
你，

杯中酒
不停。

这

喝醉之后坐在打印机前胜过与任何

我见过的或知道的或听说过的女人在一起

不论是

贞德，克莉奥帕特拉七世[1]，嘉宝[2]，哈露[3]，M. M.[4] 还是

其他数千个在电影荧幕上来了又走的美人中的

任何一个

或是那些我偶然遇见的可爱女孩

公园长椅上，公交车上，舞会和聚会上，

选美大会上，咖啡馆，马戏团，游行人群中，百货

商场，飞碟射击场，热气球飞行途中，赛车场，竞技场，

斗牛场，泥浆摔跤场，轮滑比赛，蛋糕店，

教堂，排球比赛，划船比赛，乡村集市，

---

1 克莉奥帕特拉七世（Cleopatra VII，公元前 69—前 30），埃及托勒密王朝最后一位女王。

2 葛丽泰·嘉宝（Greta Garbo, 1905—1990），瑞典籍好莱坞影视演员。

3 珍·哈露（Jean Harlow, 1911—1937），本名哈莉安·哈露·卡朋特（Harlean Harlow Carpenter），美国电影女演员。

4 指玛丽莲·梦露（Marilyn Monroe, 1926—1962），美国女演员、模特、制片人。

摇滚音乐会，监狱，自助洗衣店，或者任何其他地方

喝醉之后坐在这台打字机前，胜过与任何
我见过的或知道的
女人在一起。

摘自《查尔斯·布考斯基影像》

我是那种总是相信别人的人，我是个笨蛋。总之，回想以前，我总是拎着一盒六瓶装的啤酒跟其他三四个人混在一起。我们正欢闹作一团，突然有个家伙出现了。

他说，"天啊，你们看起来玩得很开心。不介意我也加入吧？"

他们都说，"来啊，来啊，来啊！"

但我说，"嘿，等等……"

他说，"哦，拜托，让我加入吧。"

我说，"那好，来吧。"

于是我们一起玩，开始不停地喝啊喝。那里有一架钢琴，我走过去弹它。大家继续享受夜晚。我不会弹钢琴，但我还是弹了。然后我坐在一把椅子上——我不太喜欢这个家伙……他在谈论自己参加过的战争，以及他杀过多少人。我对此并不太感兴趣，你知道，因为在战争中你的确可以杀人，这并不意味着什么。这是合法的。在杀人不合法的时候去杀人，那才是需要勇气的事，明白吗？于是我告诉了他这些。但他继续吹嘘自己的各种成就：他是一名多么优秀的射手，他曾亲手杀死过多少人。

我说，"狗屎，滚出去！"

他说，"你不喜欢我？"

我说，"没错，你走吧。"

于是他离开了。我们继续一边聊天一边喝酒。突然间他又回来了。这回他拿着一把枪。刹那间我身边没了朋友。他们好像消失不见了……然后他走到我身后说："你不喜欢我，是吗？"这是一个人们往往会犯错误的时刻。但我只打算谈论我自己。我对他说了实话。

我说，"是的，我不喜欢你。"

于是他走上来紧贴着我的后背，将枪口顶在我的太阳穴上。

他说，"你现在还是不喜欢我，是吗？"

我说，"是的，我还是不喜欢你。"

老实跟你说，我真的没有被吓到。那感觉就像在看一部电影……

于是他说，"好吧，我会杀了你。"

我回答说，"可以。但我得告诉你，如果你现在杀了我，你是在帮我一个忙。"

我对他说的是实话。

我说，"我原本也打算自杀。我一直在考虑如何做这件事，现在你解决了我的问题。如果你杀了我，实际上是解决了我的麻烦，但你却为自己招来一个麻烦。无论这事最终如何收场，你这一生得在监狱里度过，如果不是坐上电椅的话。"

四下里沉寂片刻。我能感觉到他在用枪口顶我的头。我们就这样僵持着，我没再说任何话，他也没再说任何话。后来他放下了枪，向门口走去。纱门砰的一声关上，他走了……

过了一会儿，我所有的朋友都回来了，"哦，汉克，你还好吗？"

我说，"好哇，你们几个可真是帮了我大忙，不是吗？就只是站着、看着。你们就没法从后面抓住他或是什么的吗？"

"可是，汉克……"

我说，"好了……"

后来我们得知，他拿着那把枪去了一家药店并犯了事，他用枪托击倒了一个人，并试图向人开枪。他后来被送进了疯人院。所以说，他当时拿着枪是来真的，但你永远不知道一个疯子跟另一个疯子的对话最终会如何收尾。我碰运气成功了。但我也的确做好了准备。如果真的发生，那也没什么大不了的。他懂得这一点。当你感觉不到对方的恐惧时，就不要行动。

* * *

我认为一个人可以连续喝上数个世纪，他永远不会死；尤其是红酒和啤酒……我喜欢酒鬼，因为酒鬼们，他们戒酒，他们发病，然后故态复萌，喝酒和戒酒不断循环……如果你必须要做某种人，就做一名酗酒者吧。假如我不是成了一名酒鬼，很可能早就自杀了。你明白的，在工厂里干活，每天八小时。那些贫民窟。那些街道。你干的是一份恶心的工作。晚上回到家，你感到疲惫。你会去做点什么。去看一场电影？在每星期租金三美元的出租屋里打开收音机？或者你只是好好休息，等着去做第二天的时薪 1.75 美元的工作？不！你会去搞一瓶威士忌，然后喝了它。接着去楼下的酒吧，也许来一场赤拳斗殴。你会见到几个婊子，会发生一些事情。然后你去干下一天的工作，做那些简单的活计，这样才对，不是吗？……酒精能给你那种恍惚之中的释放感，同时又无须陷入毒品带来的半死不活的状态。你能够回到生活中。你要面对宿醉的痛苦，这是较为难过的部分。你度过它，去干你的工作。你恢复过来。你再去喝一杯。我全力推崇酒精，它是最棒的东西。

* * *

我们喝得非常凶，有一天早晨我起床，感受到有史以来最严重的宿醉，好像有一个钢环箍在我头上。我感觉糟透了，而她正在浴室里呕吐。我们喝的是非常便宜的红酒，能买到的最便宜的一种。

我坐在那里，感觉快要死了。我坐在窗边，想吸些新鲜空气。我就只是那么坐着，然后突然间，一个人掉了下去。是一个衣着得体的男人，他的领带打得一丝不苟，他下落的样子看上去就像是慢动作回放。你知道，一个人是不会下落得特别快的。很显然，他先是爬上了楼顶，然后从上面跳了下来。这栋建筑不是那种特别高的楼。我是说，他很可能会摔个终身残疾。我也不确定。

看见他从窗外掉落，我对自己说，"你瞧，我觉得自己并没有发疯。我觉得我确实看见了一个人掉了下去。"

于是，我冲着浴室喊叫起来，"嘿，简！你猜怎么着？"

她说，"啊，发生什么事了？"

我说，"发生了一件最奇怪的事。"

"是吗？"

"没错，有一个人刚刚从窗户边掉下去了。他的头冲上，他全身穿得整整齐齐的，他就这么从空中掉下去了，正从咱们的窗户边上经过。"

她说，"啊，你在瞎说。"

我说，"不，不，真的是这样。我不是在瞎编。"

她说，"啊啊，得了吧，你只是在说笑，一点也不好笑。"

我说，"我知道我不好笑。听着，我来告诉你怎么着。你到窗边来，把你的头伸出去看看。"

她说，"好吧，我来了。"

她走了过来，她把头伸出窗外，我只听到她说，"哦！全能的神啊！"

她跑进浴室，吐啊吐啊吐啊。我躺在那里，我坐起身，我说，"我告诉你了，宝贝，我就是这么跟你说的。"

然后我走到冰箱前，拿出一瓶啤酒。我感到好受一些了。我也不知道为什么自己突然觉得好受了一些。也许是因为我说的是对的。于是我打开啤酒，坐在那里喝它。我还是没往窗外看，因为我仍感到不太舒服，就是这么回事。

致 A. D. 维南斯
1985 年 2 月 22 日

【……】关于在 50 岁的年纪辞去工作这件事，我不知道
该说什么。我当时必须辞掉工作。我的整个身体都在承受疼
痛，甚至无法再抬起胳膊。简单的触碰都会带给我阵阵痛苦。
我完蛋了。他们连续几十年鞭打我的身体和头脑。而我连一
个硬币也没有。我必须靠喝酒来使自己忘记正在发生的事。
我决定最好还是搬离贫民窟。我是认真的。但辞职时我的确
犹豫过。离开前最后一天，当我从他们身边走过时有人说漏
了嘴："那个老伙计在他这个年纪辞职，可真有种。"我并未
觉得自己上了年纪。那些年岁就只是那么不断累积和溜走了。

是的，我曾感到恐惧。我害怕自己永远没办法成为一名
专职作家，在经济层面上。要考虑房租、孩子的抚养费。食
物倒没那么重要。我只需要喝酒和坐在打字机前。写第一篇
小说（《邮差》）我只用了十九个夜晚。我喝着啤酒和苏格兰
威士忌，只穿着短裤坐在屋子里。我抽廉价的雪茄，听收音
机，为一些色情杂志写黄色小说。这为我赚来了房租，也让
那些懦弱和保守的家伙对我下了定论：他恨女人。从我的所
得税申报表上看，最开始那几年我的收入简直少得可笑，但
不管怎样我得以让自己继续活着。后来我开始受邀参加诗歌
朗诵会，我讨厌它们，但它们带来了更多钱，钱，钱。那是

一段醉酒的狂野的迷雾般的日子，我的运气不错。我写啊写啊写啊，我热爱敲击打字机键盘的声音。我每一天都在战斗。我也有幸遇见了一对很好的房东夫妇。他们以为我是个疯子。我每隔一天晚上都会下楼去跟他们喝酒。他们有一台冰箱。里面堆满了一夸脱装的东边牌啤酒，其他什么也没有。我们一瓶接一瓶地喝到凌晨 4 点，唱 20 世纪 20 年代和 30 年代的老歌。"你是个疯子，"我的房东太太总是说，"你辞掉了邮局里的好工作。""现在你要和那个疯女人在一起。你知道她疯了，对吧？"房东先生会接着说。

此外，我每个星期还通过写那档名为《脏老头手记》的专栏得到十美元稿酬。我想说的是，那十美元对我来说有时是一大笔钱。

我也不知道，A.D.，我说不清自己是怎么做到的。喝酒对我而言一直是一种支持。直到现在也是如此。而且，老实说，我真的很享受写作！**我喜欢打字机发出的声音。**有时我甚至认为自己想要的就只是打字机发出的声音。再加上酒，啤酒和苏格兰威士忌，摆在打字机旁。喝醉后我会在抽完的雪茄屁股里寻找残留，然后在点燃它们时烧伤自己的鼻子。回想起来，我并没有非常努力地去当一个作家，我只是在做一件让自己感觉不错的事情。

暗夜诗

你越快地将它倒出
就越感到自己
不朽。

并非那种即将永生的
不朽
而是让你觉得一直以来
始终在世的
不朽

而你仍然在这里
不顾
所有的一切
以及
几乎
不顾
你自己。

* * *

为何人们希望通过酗酒

得到治愈

我无从

理解

尽管我知道它要付出代价

肝脏上的

心脏上的

以及

其他

所有的

我愿意付出这些

代价

在喝酒上搞砸的人

在许多其他事上

往往也会

搞砸

魔咒并非在

喝酒本身

而在

面对它的人

这是美妙的
第二瓶

我们相互对视
在清晨
时分
这是一场
美妙的风流
韵事：直接
坦白且
全身心
投入

而我的手指仍
放在键盘上

这时我想到了李白
在那么多个
世纪以前
喝着酒
写他的诗
然后
将它们

付之一炬
投入
河流
随波而下

任由皇帝们
哭泣。

摘自《在布克家的夜晚》

问题： 我记得你曾参加过许多喝酒比赛。

布考斯基： 没错，我也记得。喝酒比赛？是的，我经常获胜。

问题： 你输过吗？

布考斯基： 输的时候不多。那时我酒量很好。我可以一次喝下许多酒，几乎能击败任何挑战者。我觉得自己一直对此兴趣盎然，你知道的。它使人愉快，那感觉很好。而且在这些喝酒比赛里，所有酒都是免费的。那很不错。你可以免费喝酒，还有钱可赚。

问题： 酒精，美酒，对你来说它们是一层蒙在现实上的面纱吗？还是说你是通过它们才将世界看得更清晰？

布考斯基： 对我来说，它使我脱离自己平时扮演的那个正常人。就好像我不需要日复一日年复一年地面对这个人……这家伙每天刷牙，他去上卫生间，他开车上高速，他永远保持清醒。你瞧，他只有一次生命。喝酒是某种形式的自杀，唯一不同的是，你能够在睡醒后回到生活中来，重新开始。它就像是杀死你自己，然后重新降生。我想，迄今为止我已经活过一万或一万五千次了。但是一个喝酒的人，他能够成为另外一个人。他整个人获得了新生。他喝酒时变得与往常不同。我并不是说他变得更好或更坏。但他就是不一样了。这给了一个人两次生命。而我通常是在自己的另一次生命，也就是在我喝酒的生命中，写作。因此，既然我在写作这件事上运气不错，我便判定喝酒于我是一件好事。我这样说是否回答了你的问题？

问题： 你是说，你为了写作而喝酒？

布考斯基： 没错，它有助于我的写作。

问题： 如你所说，你更愿意喝红酒？

布考斯基： 红酒有助于一切保持正常。我曾经一边喝啤酒一边喝威士忌，同时写作。但这样一来只能写一个小时，或者也许能撑上一个半小时，然后就喝多了。如果喝红酒，就像我说的，能连写上三四个小时。

问题： 如果只喝啤酒呢？

布考斯基： 啤酒，让我想想……每隔十分钟就得去趟卫生间。这会打断思路。所以我说红酒最有利于创作。诸神

之血。【……】

问题： 在你的年轻岁月里，你可曾为证明自己的男子气概而喝过酒？

布考斯基： 当然有，你知道，在最坏的情况下是会这样的，没错。我们曾经认为只有男子汉才喝酒，你懂的。我们说喝酒让一个男人成为男人。当然最后你发现，完全不是这样。想想我成天泡在酒吧里的那十年……我见过许多许多喝酒但根本算不上男人的人，他们几乎什么也不是。他们凑到我耳边，对着我的脑袋讲出这世上最可悲的蠢话……总之，喝酒并不会创造什么东西。对绝大多数人来说，喝酒是件有害的事。对我来说除外，这你得明白，但对大多数人的确如此。

问题： 对你来说，它不是件有害的事？

布考斯基： 不，对我来说它是有利的事。【……】我所有的写作都是在喝醉时完成的。每次我敲击打字机的键盘，我都处在喝醉的状态。我有什么可抱怨的呢？难道我要抱怨稿酬太低？但我可是因喝酒而被付的钱。他们给我钱让我喝酒，这是件美事。

不朽的酒鬼

李白，我一边喝干这些
红酒一边不停地
想到你。

你知道如何度过那些日日
夜夜。

不朽的酒鬼，
如果当你开车从
好莱坞高速公路上下来，
面前摆着一台电子打字机，你会拿它
怎么办？

当你看着有线电视里的节目
你会想些什么？

你对储备原子弹又会
做何评论？

还有你怎么看待女权
运动？

恐怖分子？

你会不会观看周一晚上的
橄榄球比赛？

李白，我们的疯人院和监狱已
人满为患
我们的天空几乎从不
蔚蓝
我们的土地和河流
散发着来自生活的
恶臭。

还有最近的消息：
我们已开始侦察上帝
躲藏的位置，届时我们将
把他赶出来
问他：
"为什么？"

好了，李白，美酒依旧
可口，而尽管发生了这一切，仍有
一些
时间

来
独自坐下
并
思考片刻。

真希望你在
这里。

你别说，
我的猫恰好走了进来
在这里
在这个醉酒的房间
在这醉酒的夜晚
当我恰好倒了
一满杯
美妙的红酒

给
你

它那对
硕大的黄眼睛
是在盯着
我吗？

净化队伍

我所指的，他说，是戒了酒的酒鬼，他们曾
来过这儿，我看见过他们的皮肤变黄，
他们的眼睛暴突出来，他们的心智变得松弛而
迟钝，然后他们开始谈论起自己如何从未比现在感觉
更好，如今他们的生活有了真正的意义，再也没有宿醉，
再也没有女人离他们而去，再不会感到羞耻，再也没有罪恶感，
那感觉
真是棒极了，真的太棒了

但我等不及想让他们离开，他们是很糟糕的人，
甚至当他们走过地毯时，他们的鞋子也不会留下
印记，就好像从未有人走过

然后他们提到上帝，很小声地，你知道，他们不希望对你
施加压力，但是……

我试着不在他们面前喝酒，我不想逼
他们回到那个罪恶
之地。

终于，他们走了……

我旋即走进厨房，倒上满满一杯，一口干掉一半，
咧嘴而笑，又干掉剩下的半杯。

我见过的戒了酒的酒鬼当中，从没有哪怕一个一流的
职业酒家，他们只是借着它打打
闹闹……
我已经醉了五十年，我喝过的酒多过
他们喝过的水，那种能让他们陷入愚蠢的狂乱
的酒后窘况，对我来说已是暴风后的
余波。

有的人就是做什么都会失败，而我此时
谈论的正是戒了酒的酒鬼：如果你从没
真的染上一件事，你就没法谈什么戒掉
它。

最让这一切看上去既愚蠢又
糟糕的是：即使在他们停止喝酒后，他们竟全都在声称自己是
酒鬼。

这让我们这些真正的酒鬼无比

厌恶：我们靠自己赢得在此的一席之地，为自己的地位感到

值得且荣耀，我们不愿被

毫无价值的伪装者代表：一个人不可能放弃

他从未拥有过

的东西。

摘自《被杜松子酒泡过的男孩》

问题：你在剧本《酒吧常客》里描写的是自己哪一时期的经历？

布考斯基：事实上，我是将两段时期的经历融合在了一起。我住在费城时，就是个酒吧常客。那时我大概24、25或26岁，我已记不清了。

我喜欢打架——那时我觉得自己是个硬汉。我喝酒，然后打架。这成了我存在的方式……我不知道自己是怎么过来的。酒是免费的，人们买酒给我喝。我差不多扮演着酒吧里的开心果，他们的小丑。它给了我一个能去的地方。我每天五点就过去；酒吧七点才正式开门，但酒保会放我进去，所以我有两小时免费喝酒的时间。威士忌。于是到了七点，我已准备好进入状态了。这时他会说，"抱歉了，汉克。七点到了。不能给你免费酒了。"我会告诉他，我自己会想办法的。我已经有了不错的开始，整整两小时的威士忌。接下来我主要喝啤酒。我会帮别人干点跑腿的活儿，好换些钱买三明治，但一路上经常被人揍。我会在酒吧里一直坐到凌晨2点，回我的房间，然后在5点钟再次回到酒吧。两个半小时的睡眠。我猜当你处于醉酒状态，你本来也时常在打盹，在进行着某种休息。

我回到家，那里会有一瓶红酒。我喝掉半瓶再去睡觉。我不吃饭。

问题：你的身体状况一定糟透了。

布考斯基：的确如此。但我一直到十年后才最终进了医院。

问题：那段时间里的你，体力充足吗？

布考斯基：不充足。我只有举起一只酒杯的力气。我在躲避。我不知道还有什么其他事可做。这间东部酒吧是一个很讨人喜欢的地方。它并不是一间普通的酒吧。它很有特点。它能给你一种特别的感觉。那里有丑陋，有枯燥，也有愚蠢。但同时那里也有能带给你极大快乐的东西，否则我不会在那里停留良久。

我在那里度过了大约三年；离开，又回去，度过了又一个三年。后来我又回到洛杉矶，在阿尔瓦拉多大街工作，穿梭于那里的各色酒吧，与那群淑女见面——如果你要这样称呼她们的话。

这是两个地区的结合体——洛杉矶和费城，它们融为一体。这么说也许像是在骗人，但这一切本就应该是虚构的，不是吗？那应该是在1946年前后。

看起来，那些老旧又美好的"人渣酒吧"正在消失。在那些年月里，阿尔瓦拉多大街是白色的。你满可以泡在一个

酒吧直到被 "86[1]"，接着仅需挪上十步，便可以走进另一家酒吧。

我曾体验过与枯燥无趣的人一起去酒吧时的索然无味。你喝了第一杯就会想尽快离开那鬼地方。但这家酒吧却是天空中一个充满生气的窝巢。

我走进它的第一天，就被深深地吸引住了。那时我刚来到这座城市。我走出自己的出租屋——大概是在下午两点。我走进酒吧对着吧台说，"来一瓶啤酒。"我刚接过酒，一个酒瓶就从空中飞来，刚好从我头边擦过。人们居然继续大声地谈话！我旁边的家伙转过身，说："嘿，你敢再来一次，我就敲掉你的脑袋。"接着又一个酒瓶从我们中间飞了过去。"我说什么来着，你这杂种。"然后他们大打出手。所有人都走到酒吧后门外去观看。

我说，"天啊，太好玩了，多可爱的地方。我要在这里安家。"于是我一直等待着像第一天那样可爱的下午再次来临。我等了三年，可它再也没有发生。只好由我来让它发生了，我接过了这项任务。

最终我也离开了。我说，"第一天下午的美事再也不会发生了。"我受到了欺骗。那正好是战争刚刚结束的日子。

1　"86" 某人是指禁止某人进入，在美国各地的酒吧中被广泛使用。人们对该词的起源有很多猜测，但最合理的是《纽约酒类法典》第86条，该条款给出了将某人从酒吧中除名的原因。

240磅

好了，喝酒成为你的习惯，你身边
总会放着酒，在一些重度酗酒
的间隙里，你用啤酒和
红酒稍作休息。
有时你刚决定一天或
一夜不喝酒，
就会响起敲门声，门外站着的会是三两个
带着酒的
人。

它会让人变肥。
我的体重涨到了240磅，我只有5英尺
十一又四分之三英寸高 [1]
从脖子下面就开始鼓起来，
一身弯成弓形的肥肉，不，更像是大酒杯的
形状，系得过紧的腰带扣住身体
把它分成上下两截，大肚腩垂悬在

1　即身高为182厘米。

腰带上面，脸庞丰满，眼睛
发红，脸上
坑坑洼洼，看上去很不健康。
再来一杯酒，你便会将这一切
抛诸脑后。

我衬衣前面的纽扣崩掉，
袖子变得太短，
T恤是最棒的，还有蓝色牛仔裤，
整个人肿胀着站在那里，
硕大的一块，抽一根廉价
雪茄，其实我什么也
不知道。

但我总是喝到日出
不论是和别人一起还是
独饮。

在正常商店里他们
没有我的裤号
于是我跑去大码
商店，却被门口的家伙
拦住去路：
"你还不够胖！"

"好吧，那么我下个月
再来。"

我穿正常尺码的衣服太小
穿胖仔尺码却又
太大。

还有，我认识的几个女人说，
"天啊，别趴在我
上面！"

"好吧，宝贝，好吧，我们
想想其他办法……"

所有那些啤酒，红酒，伏特加，苏格兰
威士忌，杜松子酒……
早晨排便时可
真是壮观……
马桶里的景象就像有人
铲了三大满铲进去……
而且那堆东西闻上去不仅像
排泄物，
还能闻出头天晚上
被灌进肚子的

是什么东西……苏格兰威士忌，杜松子酒
等等。

最大的问题是那股恶臭
会一直持续 3 到 4 个小时。
如果恰好有访客到来
他们总会说：
"那是什么东西？
有人死在
里边了吗？"

我曾尝试解决这个局面
方法是找来一台风扇
吹卫生间里的空气
结果却将气味扩散得
到处都是
直传到庭院里。

此外，我也经常在早晨
呕吐，我发现安抚肠胃的最佳
方法是半杯
麦芽酒掺上半杯
番茄
汁。

有一天早晨我坐在
窗户边对着街道
（我那时有一个前院）这时
两个纤弱的男孩从街上
走过。

"嘿，"我听见其中一个说，
"这房子里的老家伙真是个
粗野又怪异的人，他就像一个
挣脱了锁链的
尼安德特人[1]。"

我对此深觉感激：

人们总算
认识了我。

1　尼安德特人（Neanderthal），早期智人，距今大约 20 万年—3 万
年前生活在欧洲、近东和中亚地区。

摘自《好莱坞》

　　剧本开始了。我写的是一个既想写作又想喝酒，但大多数成就都在喝酒方面的年轻人。这个年轻人就是我。虽然那并非一段不快乐的日子，但若说其中大多数时候都充满了空虚和等待，却也是事实。随着我不断在打字机上敲击键盘，那群混在酒吧里的人物重新出现在我眼前。我又看见了他们每个人的脸庞和身体，听见了他们的声音和那些谈话。曾有过这么一家酒吧，对我具有致命的魅力。我将剧本里的故事专注于它，重演了自己与酒保之间的斗殴。我那时不算是个厉害的打手。从自身条件来看我的手长得太小，而且我从小吃得不好，简直可以说是经常饿肚子。但我生来颇有些胆量，而且我的拳头挥得不错。我在打架时的最大问题，是无法真正感到愤怒，即使当我的生命危如累卵。对我而言，那好像都是在做戏。打架对我来说很重要，但同时也不重要。与酒保打架，这至少是件可供我做的事，而且能愉悦店里的主顾们——那可是一个多少有点排外的小小交际圈。我是他们当中的局外人。此外，我还得为喝酒这件事说两句——假如我一直处在清醒状态，我打过的架一定早就要了我的命。但由于我经常处于醉酒状态，那感觉就好像我的身体变成了橡胶制品，脑袋则变成了水泥。扭伤的手腕、肿胀的嘴唇和摔破的膝盖，似乎成了我第二天醒来后唯一需要面对的后果。当然，还有脑门上摔出的大包。所有这一切如何能写成一部剧本，我并不确定。我只知道，这是唯一一段我尚未书写过的人生经历。我相信自己在那段时间的心智就像所有人一样正常。而且我知道，存在一个完全由迷失的灵魂组成的文明，每天、每夜、永远地生活在各种酒吧之间，直到他们死去。我从未读到过关于这个文明的文字，所以我决定自己将它写下来，按照我记得的样子。我那勤劳的老打字机不断地敲打，发出咔哒咔哒的声音。

* * *

弗朗辛·鲍尔斯拿着她的笔记本回来了。

"简是怎么死的？"

"嗯……那时我和别的人在一起。我们那时已经分开两年了，我在圣诞节前去看她。她在一家酒店里做侍女，她很受欢迎。酒店里的每个人都会给她一瓶红酒。她房间里有一个木架子，沿着屋顶下面一直从房间这头延伸到那头，架子上摆着足足有 18 到 19 个酒瓶。

" '如果你把那些酒全都喝掉，我知道你会的，它会要了你的命！难道这些人不明白这一点？' 我问她。

"简只是看着我。

" '我要把这些酒瓶都拿走。这些人想要杀了你！'

"她仍旧只是看着我。我那天晚上留了下来，自己喝掉了其中 3 瓶红酒，于是只剩下了 15 到 16 瓶。早上离开时我对她说，'求你了，别把它们都喝光……'一个半星期后我又回来了。她房间的门开着。她的床上有一大片血污。房间里已经没了酒瓶。最终我在洛杉矶县立医院找到了她。她因酗酒而昏迷。我在她身边坐了很久，就只是看着她，往她嘴唇上滴水，拨开她眼前的头发。护士们留我们单独待着。然后她突然睁开眼睛说，'我就知道是你。'三个小时之后她就死了。"

"她从来没有真的得到过机会，"弗朗辛·鲍尔斯说。

"她也不想得到什么机会。她是所有我认识的人当中唯一像我一样蔑视人类的人。"

弗朗辛合上了她的笔记本。

"我敢肯定，这些对我很有帮助……"

然后她就走了。

两幅亨利·米勒的画作以及其他

醉酒也可能有它的好处，比如现在，独自一人坐在这个房间，凌晨一点，透过窗户我能看见城市的光，我是说，至少一部分的光，看着看着，我开始感觉到我的双手，我的双脚，我的后背，我的脖颈，以及看法上的一个小转变：临近 70 岁回首时一切都变得漫长：那些城市，那些女人，那些工作，美妙的以及糟糕的日子，我竟然还活着，看上去成了一件奇怪的事，抽一支香烟，举起这只高脚红酒杯，楼下有一个妻子，她说她爱我，还有五只猫，而此刻我的广播正在大声放着巴赫。

醉酒也可能有它的好处：我感到自己仿佛已经历过 5000 场战争，而如今仍将我拼凑在一起的只剩下眼前的四壁，此外还有两幅亨利·米勒的画作躺在楼下。

我回顾自己的生活，我想其间我曾想象过的最荒谬的事莫过于自己是个硬汉——我从来没有能力打一场什么伟大的胜仗，我只是以为自己可以，这让我无数次地付出了代价，但醉酒也可能有它的好处：凌晨一点，向以货易货的部落发出忏悔。

但是

有谁会在乎呢？

最后的表决尚未定论。

我是个硬汉，

硬到足够死得其所。

我看着城市之光，吐出一口蓝色烟雾，举起我的

高脚红酒杯，敬我身上剩余的部分，敬世上剩余的

部分：

穿过数个大陆的疼痛

我像最后的蓝知更鸟

默默

飞过。

巨型口渴

服用抗生素长达 6 个月，宝贝，为了治好肺结核

老兄啊，让一个老家伙染上这过时的

疾病，像接住一只篮球一样将它欣然接纳，或像蟒蛇接纳

长臂猿，我正在服用抗生素，医生嘱咐我 6 个月不能

喝酒或吸烟，而说起这样用牙齿咬碎

生铁的事，50 年以来我一直都在大量、稳定地饮酒，无论是在

最好还是最坏的日子，我独自饮酒，没错。

而最困难的部分，我的朋友，是我认识所有这些

喝酒的人，他们就当着我的面继续喝酒，就好像

我不曾痛苦到想敲烂他们的头骨，让他们在地板上

或地面上打滚，或是随便去什么该死的地方总之要滚出我的视

    线——那是来自

一双能像显微镜一般洞察任何沾染了酒精之物的眼睛。

第二困难的事是坐在打字机前却没有酒，

我是说，这一直都是我的演出，我的舞蹈，我的愉悦，我

存在的目的与理由，好了现在，将美酒和打字机色带混在一

    起，你就

得到了一份连本带利的连赌，好运降临在夜晚、白天以及二者

    之间，有

一种说法叫"冷切"但我觉得那不够

强烈，应该是"冷剁"或是"热

埋"，不管怎么说，这并不容易，不不不不不不不不不，

而我甚至梦见自己在某处喝酒，晚些时候

又加入了一场醉驾之旅，当我盯着一瓶

啤酒，它看上去就像一瓶阳光，而一瓶葡萄酒，尤其

是深红色的葡萄酒，它看上去就像世界的血液。

对醉鬼来说，想象未来是很困难的事：即刻的

当下看上去压倒一切，所以我原谅那些做不到的人；最近的

6 个月是我人生当中最漫长的 6 个月。

原谅我说这些来烦你……你正在喝的那是什么？

看上去不错。

现在，你开始讲话，换我

聆听。

摘自《查尔斯·布考斯基》

问题：在你的一首诗里，你曾说你会喝很多酒，然后整夜打字。你的目标是在睡觉前写出十页，但很多时候你会超出预期，甚至写到二十三页。你能跟我讲讲这些吗？

布考斯基：在五十岁的年纪，我辞去了邮局的工作试图成为一个专业作家。也许我有点焦虑。桌上放着薯片。我在写《邮差》这篇小说，感到自己时间紧迫。在邮局工作时，我在晚上6点18分开始当班。所以我每天晚上6点18分坐在打字机前，旁边摆着我的一品脱威士忌、几只廉价雪茄以及足够的啤酒，当然还放着收音机。我每晚都写到很晚。写完那部小说一共用了我十九个夜晚。我从来记不起自己是几时上床睡觉的，但是每天早晨，或是接近中午，我会醒来发现那些散落在沙发上的纸页。最终，这被证明是一次不错的抗争。我的整个身体，我的整个意志，都在这场抗争中拼尽了全力。

问题：就你而言，醉酒时写出的作品和清醒时写出的作品之间有什么差别吗？这两种状态中是否有哪种更适合于写作呢？

布考斯基：以前我总是在喝酒时或喝醉后写作。那时的我无法想象自己能在不碰酒瓶的状态下写作。但最近的五六个月里，我由于身体原因而被禁止饮酒。于是我坐下，没碰酒瓶就写了起来，结果证明并没什么两样。所以我的结论是，清醒或醉酒并不重要。可能是我即使在清醒状态下，也会像醉酒时一样写作。

问题："老白"是你现实生活中的一个朋友吗？

布考斯基："老白"是我时不时会在佛蒙特大道上的一家酒店里遇见的一个酒友。我时不时会去那里见一个女朋友，经常会住上两三天。那地方的每个人都喝酒。大多喝的是廉价红酒。有这么一位绅士，名字叫"亚当先生"，他是个个头很高的伙计，每星期都会从那条长长的楼梯上摔下来两三次，通常是在凌晨1:30，那是他每天晚上最后一次跑到街角那家贩酒店的时间。他会颤颤悠悠地走下那段长长的台阶，甚至听得见他一路碰撞扶手的声音，我女朋友这时会说，"亚当先生来了。"我们都等着看他是否会试图从玻璃门上穿过，有时他醉得厉害便会这么做。我觉得他撞上玻璃门的概率大概有百分之五十。经理每次都会在第二天叫人来换上新的玻璃门，亚当先生则继续他的生活。他一直都没受过伤，至少没受过重伤。同样是像他那样摔下来，若换成一个清醒的人可能会送了命。但当你喝醉时，你会像只猫那样放松地、柔和地摔倒，你内心没有恐惧，或是有点无聊，或是有点在内心里嘲笑自己。老白有一天晚上就是这样任由它去了，号叫着从嘴里喷出鲜血。

致卡尔·维斯纳尔

1989 年 11 月 8 日

【……】我开了两次戒。我的女儿结婚，周围那些酒鬼和那些免费酒要了我的命。免费酒，该死，明明是我付的招待费。然后大约在一星期前，我一口气喝下了四瓶或五瓶啤酒。对一个终身酗酒的人来说，这还不赖。总之，胸部 X 光检查结果显示我已经好了——肺部是整片白云。我已经告别了肺结核以及与之相关的一切。不过我目前仍在吃抗生素，要吃到 11 月 13 日星期四，只是为了万无一失。

老天，这可真够人受的。我一连几个月都很虚弱，整天咳嗽，睡不着觉，没有胃口，几乎虚弱到无法自己走进浴室。除了躺在床上，再没有其他事可做。我在电视上观看自己并不关心的棒球比赛。不过，得肺结核倒是有一个好处，没有人会来看望你，这可真是棒极了。我想，最近最棒的时刻，是当我终于能在黄色笔记本上草草写下几首诗的时候。【……】

没错，我又要重新开始喝酒了，不过不会再像从前那样频繁。我喜欢喝酒，这自不必说，尤其是当我写作或有人拜访我时。当我开始喝酒，人们会显得更有趣。

马丁将在春天帮我出版下一本书——《七旬焦虑》，那是一部由诗歌和短篇小说组成的合集。有趣的是，很多被约翰选入这本书里的诗，都写于我生病的这段时期。这表明我还没有完全废掉。这让人感觉很不错。我仍然时刻被打字机吸引，总想从这张白床单上溜下去，坐在那里哒哒哒哒地敲击那些键盘。我患了对写作上瘾的病。它就是我的毒品。它是我的女人，我的美酒，我的神。我的幸运。

摘自《问答录》

问题： 创作个性与对酒精的欲望之间，是否存在某种联系？如果是，为什么会如此？

布考斯基： 作家们往往对生活原本的样子、人们原本的样子和其他一切原本的样子感到不满。写作，是在尝试解释、逃避或改变这些让我们如此不快的骇人力量。而饮酒则是一种化学反应，它能够重新架构我们的视野。相比一成不变，它让我们得以过上两种不同的生活。

问题： 你认同"大多数作家都是酗酒者"的说法吗？或者你会认为那只是一种误导？

布考斯基： 在我认识的众多作家当中，我自己是唯一的酗酒者。事实上，就在回答这个问题的此刻，我也正在喝酒。

问题： 有些作家相信，喝酒或吸毒会为他们带来巨大的灵感，或是提升他们洞悉"真理"的能力，你对此怎么看？他们是在自欺欺人吗？

布考斯基： 喝酒的确能够起到催化剂的作用，但我很怀疑它能带给我们灵感或真理的说法。它能做的只是将我们从死气沉沉的生活中拽出来。它掀起诸神背后的旋风。此外，我不写作时也会喝酒，某种意义上，喝醉就等同于在写作。它使你的意识向外扩散，不断接触到新的层面，留下细小的印记。

问题： 在一个被科技统治的世界里，人是否需要成瘾物来扮演一扇门的角色，以进入某种更神秘的存在状态？

布考斯基： 一个酒鬼会找出任何借口为自己喝酒的行为辩护：坏运、好运、无聊，甚或是太多的科技。喝酒是一种疾病吗？吃饭呢？为了活着需要做的事太多了。即使原本没有如此多的事可做，我们照样会发明出它们。

问题： 你是否赞同说这种说法：患有瘾病的作家，对某种事物上瘾并不影响其作为作家的成就？就好比梵高，尽管患有精神疾病，但其艺术上的天才并不因此而减损。

布考斯基： 我认为真正的"疾病"存在于不患病之中。我觉得最可怕的人是那些情绪稳定的、健康的、目的明确、意志坚定的人。梵高是一名被高估了的天才，不过假如他活在我们今天的世界里，我绝不会想看见他在街角的健身房里努力锻炼身体的样子。

问题: 对作家来说,酒精和毒品是否可以成为朋友的替代品?

布考斯基: 作家是没有朋友的,只有遥远的盟友。还有,我不愿将酒精和毒品看作类似的东西。我有段时间曾沾过毒品。我的经验是,毒品使人的创造力变得平庸。事实上它会让所有的一切都变得冷漠、平淡。对我而言,酒精使灵感起舞,毒品则让灵感消失不见。

问题: 你是否有过在毒品或酒精的作用下写作的体验?如果有,特定的种类会给你的思维过程或视觉带来特别的刺激或阻碍吗?它们又是如何影响你写作的?

布考斯基: 我写作的同时会喝酒。酒就像我的好运,就像背景音乐。葡萄酒和啤酒能带来连绵很多个钟头的好运。至于威士忌和其他烈酒,如果你像我一样喝的话,恐怕只能让你写上个把钟头。一旦过了这个时间,尽管你仍幻想自己正在创作世界上最伟大的杰作,可实际上早晨醒来时,你发现的只会是一堆写满狗屎的纸片。

问题: 对你而言,酒精的作用是不是创作过程中的重要元素?还是说酒精带来的好处与写作的过程完全无关?

布考斯基: 喝酒的妙处,完全由其本身提供。事实上,很多时候它充当了拯救者的角色，尤其是当你发现自己受困于无趣、孤独、毫无创造力的人群之列时。

问题： 杜鲁门·卡波特[1]曾说，每当他开始写作，"出于一种可怕的真诚，我整夜冥思，我觉得自己好几年都未曾真的酣睡过。直到我发现威士忌能使我放松下来。"你是否也曾依靠酒精来逃离那如痴如醉的写作状态，或试图从创作中暂得放松？

布考斯基： 我读卡波特时必须得喝一杯，好让自己忘了他那浅薄的蠢话。

问题： 当你喝酒时，是否在某种程度上是为了摆脱自我压抑和自我意识？它是否能帮你克服对于暴露自己的恐惧？而你认为这些效果是否会在某一时刻开始产生效益递减？

布考斯基： 只有一个心怀嫉妒的不喝酒的人，才会问出这样的问题。

1　杜鲁门·贾西亚·卡波特（Truman Garcia Capote，1924—1984），美国作家，代表作有中篇小说《蒂凡尼的早餐》（1958）和长篇纪实文学《冷血》（1965）。

问题：你认为长远来看，毒品或酒精是否会逐渐侵蚀人的创造力？如果的确存在这样的侵蚀作用，怎样能够避免它的发生？

布考斯基：毒品，的确对人的创作有侵蚀作用。至于饮酒——任何赌博都需要承担可能会输的风险，但敢于掷出骰子总强过跟修女一起睡觉。在七十岁的年纪，为了我的妻子、我的六只猫和我的女儿，我努力做到不要每晚都喝酒。但尽管如此，对于我自己的死亡，我是做好了准备的。真正折磨我的是另外的那种死亡。

问题：如果说你以前曾服用毒品或饮酒成性，如今戒除了它们。这对你的写作有什么样的影响？

布考斯基：这我也不知道。

宿醉

我很可能比活着的任何人
都喝过更多的酒
目前为止
这还没要了我的命
但有一些早晨醒来时我的确感到
难受得几乎
要死。

如你所知，最难受的
就是在空腹状态下，大量
吸烟以及同时喝下多种
不同的
酒。

而最糟的宿醉是醒来时发现自己
人在车里或在一个陌生房间
或在一条街巷，或是在监狱里。

最糟的宿醉是当你醒来
意识到自己头天晚上做了

———

一件无耻至极的、愚蠢的、

可能还很危险的事

但是

你却有点儿想不起来是

什么事。

你在各种各样的混乱

状态中醒来——你身体的某个部位

受了伤，你的钱不见了

以及 / 或者很多时候你的

车也不见了，如果你有车的话。

你可能会给某位女友

打个电话，如果你当时有女友的话，大多数

时候结果会是

她啪地挂断电话。

或者，如果她正好就在你身旁，

你会感受到她毛发竖立的难以忍受的

愤怒。

酒鬼们永不会被原谅。

但酒鬼们会原谅他们自己

因为他们需要有

下一次。

一个人需要有种异乎寻常的耐久力
才可以做到连续喝上
数十年。

你的酒友们逐渐因此
丧了命。
你自己也逐渐被频繁地
送往医院
在那里你经常听到这样的警告：
"只要再多喝一杯，你就会
没命。"
然而
你总能证明他们是在危言耸听
因为你总会再多喝远不止一杯。

随着你快到了四分之三个
世纪的年纪
你发现要灌醉自己
会需要越来越多的
酒。

宿醉的感觉也越来越糟了，
恢复正常需要的时间

更长。

而最最愚蠢的
事是
你对自己的所为
并未感到
不满
而且你会继续这样
做下去。

此刻当我敲下这些文字
我正在经历一生中
最难熬的宿醉
但我楼下
还放着许多瓶
各种各样的
美酒。

一切都如此
美妙，
这疯狂的河流，
这骗来的
偷来的
疯狂

为它

我不会向任何人

除了向我自己

祈求，

阿门。

替代者

杰克·伦敦一边书写奇异的英勇的人们一边
将自己的生命喝掉。
尤金·奥尼尔一边书写他那些阴郁的诗意的
故事
一边把自己喝成了健忘症患者。

如今我们的思想家
身穿西服颈系领带
在大学里授课，
年轻男孩们清醒地用功学习，
年轻女孩们用呆滞无神的双眼
望向
上空
草坪如此翠绿，书卷如此无趣，
生活如此饥渴
致死。

摘自《查尔斯·布考斯基访谈录》

问题：你似乎对性和酗酒格外着迷，这是怎么回事？

布考斯基：性？好吧，我之所以对性无法自拔，是因为在13岁到34岁的年月里，我错过了太多。那时的我，不愿为它付出该有的代价，不想做应有的尝试，也没有努力去争取。后来，不知怎的，到了大约35岁的年纪我决定还是要有性，我想我的确是抱着某种补偿损失的心态，我做得过了头。我开始发现它其实是世上最容易的事。我找到了好几十个寂寞的女人。我像个疯子一样乱搞一气。我不是在这个女人的住处，就是在另一个那里。我的车总是停在这里或那里。晚餐。卧室。浴室。早晨在一个地方，晚上又到了另一个地方。时不时地我也会被逮住。我遇上一个又一个让我伤心欲绝的女人，她们迷惑我，勾引我，然后将我撂翻在地。她们是鲨鱼。但随着时间过去，就连我也学会了如何对付鲨鱼。很多时候，性只是为了向你自己证明些什么。当你证明一段时间之后，便没有理由再继续证明下去了。但从某种意义上讲，我是幸运的：我所有这些关于性的实践，都在艾滋病出现之前结束了。

酗酒则是另一回事。我一直以来都需要它。它也需要我。今晚的几个小时之内我已经喝下了不知道多少瓶啤酒，外加一瓶红酒。太棒了。血液在歌唱。如果不是知道我能每天晚上回到自己的屋子里喝上几杯，让这一切慢慢消除下去，让四周的墙壁向中间倾斜下来，让弱智领班从我眼前消失，我无法想象自己如何能够忍受这么多年以来在这个国家的这么多座城市里做过的这么多份狗屎一样的工作——特别是想到他们一直在购买我的时间、我的身体以及整个我，只需花几个硬币，他们却因此赚到了很多钱。同样地，我也不可能与其中一些女人住在一起，除非酒把她们变成了在我面前摇曳的梦中美人。喝酒之后，她们的腿总是变得更修长，她们的谈话变得不再仅是蠢货的饶舌，她们的背叛也不再那么让人感到侮辱。毒品却从没给过我这样的幸运。它们会拿走我的胆量，我的欢笑。它们使我的意识变得迟钝。它们让我疲软。它们会带走我的一切——写作，那细小的、游丝一般的希望。酒让我飞上天空，第二天早晨将我摔进坑里，但我能够爬出来，继续活下去。毒品则将我劫掠一空，将我扔在床垫上。坏东西。如果有什么东西能让人抽身暂别，那便是酒精。大多数人无法驾驭它。但是对我来说，它是我存在的秘密之一。是你自己问的。

它甚至没被打破

作为一名重度酗酒者，我经常丢

钱或被人

偷

于是我养成了习惯，每当喝得

很醉时我便会开始藏自己的

钱。

我在这方面创意十足。

第二天我从来记不起

自己把它们藏在

哪里。

有时我会花好几个钟头

找钱。

有时要找好几天，

有时我可能再也找不到它们。

我不打算在此向你絮叨我那许多

奇怪的藏钱之所

除了有那么一

次。

那是一笔数目不小的款子，照例又

不见了。

在公寓里

找了好几天之后

我只好放弃。

后来有一天我正在剃须，我

发现自己脸上的

轮廓不同

寻常。

我仔细照镜子，发现

正中间有一块

凸了出来。

我找来一把螺丝刀，卸下

螺丝，然后将镜子拆了

下来。

钱掉在了地上。

在喝醉的状态下，我竟拆下了

整面镜子，将

钱藏在它后面之后又将

它装了回去。

我对此感到很

自豪。

更自豪的是我又
把钱找了回来。

当然，这需要
庆祝一番。
我甚至连胡子
都没剃完。
就出去为自己买来
一瓶上好的五分之一加仑
威士忌。

为什么不呢？
这钱感觉就像
白捡的一样。

今夜

我有那么多的脑细胞被酒精
吞噬
此刻我坐在这里喝酒
所有酒友都已死去，
我挠着肚子做着关于
信天翁的梦。
我如今独自喝酒。
我与自己为伴，为自己干杯。
我敬我的生命，敬我的死亡。
我仍然干渴。
我又点燃一支香烟，慢慢地
转动酒瓶，对它满怀
赞赏。
多么美妙的同伴。
这么多年了。
可我还有什么能
做得比喝酒更好？
我比任何人喝的都多
多过你在大街上擦身而过

或在疯人院里遇见的

前一百个人。

我挠着肚子做着关于

信天翁的梦。

我加入了几个世纪以来最伟大的

酒鬼之列。

我是被选中的人。

现在我要停下来，举起酒瓶，吞下

大大的一口。

我无法想象

有人竟真的戒了酒

变成了清醒的

市民。

这让我感到悲伤。

他们清醒、无趣、安全。

我挠着我的肚子做着关于

信天翁的梦。

这间屋子里满是我而我也被

灌满了。

这一杯敬你们所有人。

也敬我自己。

此刻已过了午夜，一只孤独的

野狗在黑夜里

号叫。

而我如此年轻，像此刻

熊熊燃烧的

炉火。

致约翰·马丁
1992 年 10 月 20 日

约翰，你好：

今晚只有两首诗，但我觉得这两首就够了。

布什似乎已经戒酒，退出了游戏。那个亿万富翁只靠嘴上功夫，谈论着他自己玩不起的游戏。克林顿倒像是这群人当中最好的。

就这样，该上床睡觉了。今晚不喝酒。我觉得我清醒时写的跟喝醉时一样好。我可真是花了很长时间才发现这一点。

1992 年 11 月 6 日，中午 12：08

今晚我感到被毒害、被亵渎、被利用，精疲力竭。这不全是因为年老，但大概也与此不无关系。我觉得人群，那些人群，那些对我来说始终难以应付的人类，那群人他们最终要取得胜利了。我觉得最大的问题是，对他们来说，一切都只是一场重复的表演。在他们身上不存在新鲜的东西，连最最微小的奇迹也不会发生。他们就只是翻来覆去地折磨我。假如有一天，我能够见到哪怕一个人做出或说出什么不同寻常的事，也会让我好受很多。可惜他们陈腐、肮脏。看不到什么希望。眼睛，耳朵，腿，嗓音，可惜……空无一物。他们凝固在自己身上，像孩子一样哄骗自己，假装活着。

我年轻时情况还没这么糟，那时的我还在找寻。我徘徊在夜晚的街道上，找寻，找寻……交往，打架，搜寻……我什么也没找到。可那整幅场景，那空无一物的空洞，似乎还悬而未决。我从未真的找到任何一个朋友。在女人身上，每次新的邂逅总给人希望，但那仅仅是在一开始。很快我就懂了，我停止了对完美女孩的追寻；我只想要一个不像噩梦的女人。

在人类当中，我的全部发现都集中在那些曾经活过、如今已不存在的生命——在书籍中，在古典音乐中。但这对我也颇有益处，至少有一段时间是这样。但世上充满生气和魔力的书籍只有那么多，然后魔力就消失了。古典音乐成了我的大本营。大多数时候我都在广播里听，现在仍是如此。直到今天，当我听到一首新奇的、未曾听过的、充满力量的音乐时，我仍会感到惊奇不已。而这样的感受经常发生。比如我正写下这些文字的此刻，便在听广播里一首从未听过的曲子。我像不断渴望新的血气、新的意义一样享用每一个音符，它们总是取之不尽。我为伟大音乐的庞大数量感到震惊，一个又一个世纪的音乐创作。世上一定曾有过如此之多的伟大灵魂。我无法解释这一点，但我真的很庆幸在自己的生命中拥有它、感受它、被它滋养、为它赞颂。不听广播里的古典音乐，我写不出任何东西，这是我创作的一部分——写作的同时收听古典乐。也许有一天，有人能向我解释为什么古典音乐中蕴含着这么多的神奇力量。我怀疑永远也解释不清。我只能不停地发问。为什么，为什么，为什么没有更多具有如此魔力的书籍？作家们都是怎么回事？为什么伟大的书籍这么少？

摇滚乐在我身上没起到相同的效果。我去听过一场摇滚音乐会，主要是为了我的妻子琳达。当然，我是个好丈夫，哈？哈？总之，我们的票是免费的，那是一位读我书的摇滚乐手送的。我们被安排在贵宾座位上，跟一些大人物坐在一起。一名导演，前演员，开着他的运动型旅行车来接我们。跟他一起的还有另一名演员。这是一群颇有才华的人——他们特有的那种才华，并且也不难相处。我们驾车前往导演的家，他女朋友在那里等我们，我们看见了他们的小宝宝，然后我们一起上了一辆豪华轿车。喝酒,谈话。演唱会在道奇体育场举行。我们迟到了。摇滚乐队已经在台上,巨大的声响。25000 人,那场面展现出一些活力,却很短暂。它有点过分简单化了。我猜他们写的那些歌词应该还不错,如果你听得懂他们在唱些什么的话。它们可能是关于根源、体统、得而复失的爱,如此等等。人们需要这些——反对权威,反对父母,总得反对些什么。但这样的一群百万富翁,无论他们说什么,他们如今都已成了权威本身。

之后过了一会儿,主唱说,"今天的演唱会献给琳达和查尔斯·布考斯基!"25000 人集体欢呼起来,就好像知道我们是谁一样。真让人啼笑皆非。

电影明星们四处转悠。我之前见过他们。这让我感到担心。我担心导演和演员们来到我们面前。我一直不喜欢好莱坞,电影在我这里一直不怎么奏效。我在这群人当中做什么?我是被他们吸收进来了吗?72 年来我一直坚强地与他们抗争,到头来还是被他们吸走?

演唱会差不多结束了,我们跟着导演去了 VIP 酒吧。我们进入了上层阶级,哇哦!那里摆着桌子,有吧台。名人们都在里面。我走向吧台。酒全是免费的。吧台后面是一名壮硕的黑人酒保。我点了我要的酒,然后对他说,"等我喝完这杯,我们去外面好好干上一架。"

酒保微笑着。

"布考斯基!"

"你认识我?"

"我在《洛杉矶自由报》和《自由都市》上读过你写的《脏老头手记》。"

"好吧，我那些该死的东西……"

我们握了握手。打架的事就这么算了。

琳达和我跟各种各样的人谈话，谈的都是些我不知道的事情。我一次又一次地回到吧台，去倒青柠配伏特加。酒保总是为我倒一满杯。最后，我在钻入回程的豪华轿车之前也没忘了再给自己满上一杯。最终，对我来说这个夜晚变得不那么难熬了——我只需大口地、迅速地、频繁地喝酒，便能安然度过它。

那个摇滚明星进来时我已经醉得厉害，但还有些意识。他坐了下来，我们聊了天但我不知道聊了些什么。然后我就断了片儿。显然，我们离开了。那之后的事都是我听来的。豪华轿车送我们回到了住处，但我刚一踏上台阶就摔倒了，头磕在地砖上。我们好不容易才把地砖嵌回到台阶里。我的脑袋右侧全是血，右臂和后背也受了伤。

直到第二天早上起来小便时，我才知道了这回事。浴室里有面镜子。我看上去就像早些年在酒吧斗殴之后的样子。该死。我洗掉脸上的血，喂了9只猫，然后又躺回床上。那天早晨琳达也很不舒服。不过她总算是看了她的摇滚演出。

我知道自己得有三四天无法写作。去赛马场也得等上好几天。

我又听回了古典音乐。当然，我感觉很骄傲。我很荣幸那些摇滚歌手喜欢读我的书，但监狱和疯人院里的人们也同样这么说。我没法左右谁读我的书。所以还是由它去吧。

　　这个夜晚，坐在这间二楼的小房间里听着广播，感觉真不错。老朽的身体、老朽的意识得到恢复。我属于这里，就像这样。就像这样。就像这样。

红酒脉冲

这是第 25 首写我如何到了凌晨 2 点仍坐在

打字机前一边喝酒一边听收音机一边抽这支

雪茄的诗。

该死的，我也不知道，有时我觉得自己好像变成了梵高或者
　　福克纳或者

他们当中的某一个——就当是斯特拉文斯基好了；我继续一
　　边喝酒一边

抽雪茄，世上没有什么比这一刻更神奇、更温柔，这就是

为什么我喜欢谈论它，我想叫这份运气持续下去……

有些评论家说我总是把同样的东西写了一遍又一遍。

好吧，有时我的确会这么做，也有时不会，但当我这么做时

是因为那感觉实在太美妙，就好像我在同自己

做爱，却不是真的——而是同这台打字机，在凌晨 2 点，同
　　这美酒……

假如你明白了我所感受到的这一切，你会原谅我的

因为你我都知道这世上所有的美好是多么短暂，所以

我玩耍着吹嘘着重复：

此刻是凌晨 2 点

而我是

肖邦

塞利纳

柴纳斯基

一切都安置妥当：

一支雪茄

再来一杯红酒

还有美丽的年轻姑娘们

罪犯们和杀手们

可爱的疯子

工厂里的工人，

面前这台打字机，

广播里放着音乐，

重复

重复

重复

直到要在你身上发生的

发生在我身上。

稿源

《蚂蚁爬上我喝醉的胳臂》摘自《文艺期刊》，1961 年春季刊；1969 年被选入《日子像野马穿过山岗一样跑走》。

"……当我读到那些关于旧巴黎团体的东西……"摘自 1961 年 3 月 25 日写给乔恩和路易斯·韦伯的书信，2015 年被选入《关于写作》。

"……1920 年 8 月 16 日出生在德国安德纳赫……"摘自 1963 年 1 月 14 日写给约翰·威廉·考灵顿的书信，1993 年被选入《在阳台上尖叫》。

"……正在播放的是勃拉姆斯的什么钢琴曲……"摘自 1963 年 10 月写给约翰·威廉·考灵顿的书信，此前未发表。

"……我有点醉了……"摘自 1964 年 3 月 1 日写给乔恩和路易斯·韦伯的书信，被选入《在阳台上尖叫》。

《啤酒瓶》摘自《艾草书评》，1964 年 8 月 14 日；1974 年被选入《燃于水，溺于火》。

《将我酿造和灌满的……》写于 1964 年前后，1968 年被选入《在恐怖大街和痛苦大道》。

《一个疯狂到与野兽同住之人的自白》写于 1965 年年初，1973 年被选入《非北之南》。

"……我那天写信给亨利·米勒……"摘自 1965 年 8 月 25 日写给道格拉斯·布雷泽克的书信，被选入《在阳台上尖叫》。

"……我不断地喝啤酒和苏格兰威士忌……"摘自 1965 年写给威廉·万特灵的书信，被选入《在阳台上尖叫》。

《水牛比尔》摘自《艾草书评》，1966 年 3 月 24 日；1988 年被选入《情歌公寓》。

《脏老头手记》（在费城我混得不怎么样……）摘自《开放的城市》第 23 期，1967 年 10 月 4 日；1969 年被选入《脏老头手记》。

《盛大的禅宗婚礼》写于 1969 年 9 月，1972 年被选入《勃起、射精、展览和正常疯子的普通故事》。

"在床上……"写于 1970 年 2 月；摘自《邮差》，1971 年。

《不知去向的短暂非登月计划》摘自《危险境地》，1970 年 3 月 6 日；1972 年改名为《百万富翁们》，被选入《知更鸟祝我好运》。

"……没人能理解一个酒鬼……"摘自 1970 年 12 月 1 日写给拉斐特·杨的书信，1995 年被选入《靠运气活着》。

"……像你这个年纪的人……"摘自 1971 年 3 月 1 日写给斯蒂夫·里奇蒙德的书信，此前未发表。

"……我坐在四轮车上……"摘自 1971 年 3 月 22 日写给约翰·本内特的书信，此前未发表。

《在马车上》摘自 1971 年 3 月 31 日手稿，此前未发表。

《喝酒》摘自 1971 年 4 月 6 日手稿，此前未发表。

《星期天的天使》摘自《马诺马诺》，1971 年 7 月 2 日，此前未发表。

《查尔斯·布考斯基简答十问》摘自《阵痛》第 2 期，1971 年夏秋季刊。

《醉汉　酒精·布考斯基　醉汉》摘自 1971 年手稿，被选入《知更鸟祝我好运》。

《老诗人生活手记》摘自 1972 年 1 月 24 日手稿，2009 年被选入《沾满红酒渍的笔记本摘录》。

《我的房东太太和房东先生》摘自 1972 年初手稿，被选入《知更鸟祝我好运》。

《百叶窗帘》摘自 1972 年手稿；后经修改，1975 年被选入《杂役》。

《脏老头手记》（就是这些杀死了迪伦·托马斯……）摘自《洛杉矶自由报》第 428 期，1972 年 10 月 2 日；后以《就是这些杀死了迪伦·托马斯》为题被选入《非北之南》。

《再来一首关于酒鬼的诗，然后我就放你走》摘自《洛杉矶自由报》第 456 期，1973 年 4 月 13 日；2007 年被选入《人们最后看起来像花朵一样》。本诗的另一个较长的版本，题为《蜡工活》，此前曾被选入《燃于水，溺于火》。

《以爱和艺术之名》摘自《二次来临》第 2 期，1973 年夏；此前未发表。

《醉鬼牢房法官》摘自 1973 年 6 月 14 日手稿，1979 年被选入《喝醉酒弹钢琴像敲打击乐直到手指有点开始流血》。

《有的人永远不会发疯》摘自《两个查理》第 3 期，1973 年；曾以《有的人》为题被选入《燃于水，溺于火》。

《脏老头手记》（我们两人都戴着手铐……）摘自《洛杉矶自由报》第 465 期，1973 年 6 月 15 日；2011 年被选入《新脏老头手记》。

《一个坏蛋诗人的自白》摘自《伯克利倒钩》第 454 期，1974 年 4 月 26 日。

《一次野餐》摘自《艾草书评》第 55 期，1974 年；1977 年被选入《爱情是一条来自地狱的狗》。

《18000 比 1》摘自 1974 年 11 月 25 日手稿（第二稿）；1999 年以《38000 比 1》为题被选入《最重要的是你如何走过烈火》。

《为马下注：查尔斯·布考斯基访谈》摘自《伦敦杂志》第 14.5 期，1974 年 12 月至 1975 年 1 月刊。

"很晚之后我在酒吧最里面的一张红色软长椅上醒过来……"摘自《杂役》，1975 年；首版文稿基于 1972 年 6 月 30 日发表于《洛杉矶自由报》的《脏老头手记》。

《啊，狗屎》摘自 1976 年 1 月 25 日手稿，被选入《爱情是一条来自地狱的狗》。

《汤姆·琼斯究竟是谁？》摘自 1975 年 6 月 4 日手稿，被选入《爱情是一条来自地狱的狗》。

《啤酒》摘自 1976 年 6 月 5 日手稿，被选入《爱情是一条来自地狱的狗》。

《马桶时间》摘自《爱情是一条来自地狱的狗》。

《布克：长满痘疤的诗歌，来自查尔斯·布考斯基。又脏又老的人类手记》摘自《滚石》第 215 期，1976 年 6 月

17 日。

《查尔斯·布考斯基：与一个脏老头的对话》摘自《好色客》第 3.6 期，1976 年 12 月。

《酩酊大醉》摘自 1977 年 11 月 2 日手稿，此前未发表。

《形象》摘自 1977 年 11 月 17 日手稿（第二稿），被选入《最重要的是你如何走过烈火》。

"……我想我白葡萄酒喝得太多了……"摘自 1978 年 3 月 5 日写给海因里希叔叔的书信，此前未发表。

"有一天下午我从贩酒店出来……"摘自《女人》，1978 年。

《胖头诗》摘自 1978 年 6 月 29 日手稿，1995 年被选入《这不是莎士比亚干的》。

"星期五晚上我要去参加一档有名的电视节目……"摘自《这不是莎士比亚干的》。

《小短腿酒鬼》摘自 1979 年 9 月 26 日手稿，以《图卢兹》为题被选入《整晚营业》。

《海明威》摘自 1979 年 6 月 28 日手稿（第一稿），此前未发表。另一首非常相似的诗歌，题为《海明威，午前喝醉》，作于 1985 年，并于 2001 年以《午前喝醉》为题被选入《夜晚被脚步撕扯得发疯》。

《莫扎特在十四岁之前写下了第一篇歌剧》摘自《海港评论》，1980 年春季刊；以《夜汗》为题被选入《整晚营业》。

《赶场》摘自 1980 年 3 月 10 日手稿，1981 年被选入《悬挂在紫丹上》。

《夜校》摘自《艾草书评》，1981 年 81—82 刊；被选入《悬挂在紫丹上》。

《欺瞒玛丽》摘自 1982 年 1 月 17 日手稿，2006 年被选入《进门来！》。

"……我花了很多时间待在酒吧……"摘自 1982 年 3 月 1 日写给杰克·史蒂文森的书信，此前未发表。

"……让一个老男人给你点建议吧……"摘自 1982 年 5 月 9 日写给杰拉尔德·洛克林的书信，1999 年被选入《伸向太阳》。

"有一次……"摘自《火腿黑面包》，1982 年。

《禁入马球俱乐部》摘自 1983 年 5 月手稿，此前未发表。

《尝试戒酒》摘自 1983 年 6 月 22 日手稿（第二稿），2009 年被选入《持续状态》。

《说起喝酒……》摘自 1983 年 8 月 20 日手稿，此前未发表。

"问题：你的写作始终'浸泡'在酒中……"摘自《强硬的伙伴》（汤姆·拉塞尔著），2008 年 2 月。此组采访最初于 1984 年 1 月发表于挪威杂志《脉搏》。

《40 年前在那个酒店房间》摘自 1984 年 2 月手稿，被选入《夜晚被脚步撕扯得发疯》。

《我的消失》摘自 1984 年 10 月手稿，1986 年被选入《有时你孤单到孤独合乎情理》。

《全盘考虑》摘自 1984 年 11 月手稿，被选入《有时你孤单到孤独合乎情理》。

《这》摘自 1984 年 12 月手稿，被选入《有时你孤单到孤独合乎情理》。

"我是那种总是相信别人的人……"摘自《查尔斯·布考斯基影像》（由巴贝特·施罗德尔导演），1985 年 1 月。

"……关于在 50 岁的年纪辞去工作这件事……"摘自 1985 年 2 月 22 日写给 A.D. 维南斯的书信，被选入《关于写作》。

《暗夜诗》摘自 1985 年 11 月手稿，此前未发表。

"问题：我记得你曾参加过许多喝酒比赛……"摘自《在布克家的夜晚》，此次采访拍摄于 1986 年 2 月 17 日，后被选入胡安·弗朗索瓦·杜瓦尔的《布考斯基和垮掉的一代》。

《不朽的酒鬼》摘自 1986 年 10 月 16 日手稿，1990 年被选入《七旬焦虑》。

《净化队伍》摘自《水街评论》，1987 年第 1 期；被选入《七旬焦虑》。

《被杜松子酒泡过的男孩》摘自《电影评论》，1987 年 7—8 月刊。

《240 磅》摘自 1988 年手稿，此前未发表。

"剧本开始了……"摘自《好莱坞》，1989 年。

《两幅亨利·米勒的画作以及其他》摘自 1989 年手稿，此前未发表。

《巨型口渴》摘自 1989 年后期手稿，被选入《人们最后看起来像花朵一样》。

《查尔斯·布考斯基》摘自《刃脊》2.1，1989 年 7—8

月刊。

"……我开了两次戒……" 摘自 1989 年 11 月 8 日写给卡尔·维斯纳尔的书信，此前未发表。

《问答录》摘自《刃脊》2.6，1990 年夏季刊。

《宿醉》写于 1991 年早期，摘自《地球最后一夜的诗》，1992 年。

《替代者》摘自 1991 年前后的手稿，被选入《地球最后一夜的诗》。

《查尔斯·布考斯基访谈录》摘自《蜥蜴的眼皮》，约 1992 年。

《它甚至没被打破》摘自 1992 年 6 月 11 日手稿，此前未发表。

《今夜》摘自 1992 年的手稿，以《一次美好的疯狂》为题被选入《持续状态》。

"约翰，你好：今晚只有两首诗……" 摘自 1992 年 10 月 20 日写给约翰·马丁的书信，此前未发表。

《1992 年 11 月 6 日，中午 12:08》 摘自《泄洪道》，《诗歌新方向》第 5 期，1996 年；1998 年被选入《船长出去吃午饭于是水手接管了船》。

《红酒脉冲》摘自 1984 年 2 月 29 日手稿，被选入《夜晚被脚步撕扯得发疯》。

致谢

本书编辑和出品人在此感谢书中手稿和原稿的拥有者，包括以下机构和组织：

亚利桑那大学，特藏馆

加利福尼亚大学，洛杉矶，特藏馆

加利福尼亚大学，圣巴巴拉，特藏馆

加利福尼亚州，圣马力诺，亨廷顿图书馆

印第安纳大学，莉莉图书馆

南加利福尼亚大学，珍本书收藏室

同时也感谢以下期刊和出版方，因为一些诗歌、短篇小说、访谈录最初是发表在它们上面的：《刃脊》《文艺期刊》《伯克利倒钩》《城市之光》《电影评论》《好色客》《危险境地》《蜥蜴的眼皮》《伦敦杂志》《洛杉矶自由评论》《马诺马诺》《滚石》《二次来临》《泄洪道》《阵痛》《两个查理》《水街评论》《艾草书评》，以及神秘岛出版社和太阳狗传媒。

感谢当所有人对我说"打住"的时候，对我说"加油"的欧娜和加拉。

感谢琳达·布考斯基的激情，正是她的激情才得以让火焰持续燃烧——继续干下去！

感谢布考斯基，感谢他手握酒瓶，突破万险，不断探索着未知的疆界。

图书在版编目（CIP）数据

边喝边写/（美）查尔斯·布考斯基著；（美）阿贝尔·德布瑞托编选；张健译.--北京：中国友谊出版公司，2022.8（2024.5重印）

ISBN 978-7-5057-5443-0

Ⅰ.①边… Ⅱ.①查… ②阿… ③张… Ⅲ.①文学—作品综合集—美国—现代 Ⅳ.① I712.15

中国版本图书馆 CIP 数据核字（2022）第 072057 号

著作权合同登记号　图字：01-2022-2858

书名	边喝边写
作者	〔美〕查尔斯·布考斯基
编者	〔美〕阿贝尔·德布瑞托
译者	张　健
出版	中国友谊出版公司
发行	中国友谊出版公司
经销	新华书店
印刷	河北鹏润印刷有限公司
规格	880×1230 毫米　32 开 10 印张　198 千字
版次	2022 年 8 月第 1 版
印次	2024 年 5 月第 2 次印刷
书号	ISBN 978-7-5057-5443-0
定价	69.00 元
地址	北京市朝阳区西坝河南里 17 号楼
邮编	100028
电话	（010）64678009

如发现图书质量问题，可联系调换。质量投诉电话：010-82069336

磨 铁 读 诗 会